干戈屏翰春秋史　玉帛山河风雅魂

猛士执戈奉玉宗

马文科 著

中国广播电视出版社
CHINA RADIO & TELEVISION PUBLISHING HOUSE

序

驰张军人的精神疆域

韩作荣

我是怀着"探秘"心理来读马文科这部作品的。换言之，我想了解一个军人的内心世界，洞悉他们的精神疆域，读后，让我开了眼界，受益颇多。

自古以来，能文善武的将帅数不胜数，运筹帷幄，决胜于千里之外的伟大军事家，有时也是令人瞩目的诗人和文学家。例如说起诸葛武侯，便会想到他的前后《出师表》；说起岳武穆，便会想起他的《满江红》和《小重山》；说起辛弃疾，便想起他的"醉里挑灯看剑，梦回吹角连营"；以及文天祥的"人生自古谁无死，留取丹心照汗青"之类……这些名垂千古的诗文，是烛照历史、体现中华民族精神和气节的心灵之光。而那用兵如神的军事艺术和诗文的妙奥，在最高层次上是相通的，都可称之为鬼斧神工的创造。在新中国的开国元戎中，毛泽东主席的诗词如《沁园春·雪》，可谓气吞山河，前无古人，那种博大的胸襟和气度令人叹为观止。朱德元帅、陈毅元帅的诗，亦读得人志壮情豪、心血沸腾。这让我想到毛主席那句著名的话："没有文化的军队是愚蠢的军队。"当我军步入现代化的今天，博大坚韧的精神撑持和军事科学技术的迅猛发展，更堪称是人民军队战无不胜的有力双翼。

说这些，我无意于将马文科的诗与诸葛亮、岳飞以及毛泽东、朱德并列，只是想说明文武兼备应当是中国军人一脉相承的宝贵传统。智慧和士气是制胜的先决条件。所谓练兵之道是首练心，次练胆，再次方是技艺。就诗而言，也是"意为帅，辞章谓之兵卫"。

自然，马文科的诗与当下单纯文人的诗是有别的。他的诗是另一种作品，既非现代也非超现实主义与后现代，亦没有潜意识、无意识的晦涩、臆语和暗示，有着犀利且深刻的理性支撑，亦有着柔软且坚韧的对祖国、人民的大爱的赤子之心。无论他的新诗、古体诗或散文诗，都有着这样明显的特征。

作为军人，他牢记自己的使命和责任。作为国土的保卫者，他对"国"字的理解是全面且深刻的。正如他在序中所言，"在人类完全告别战争之前"，"没有执政者和全体民众清醒一致的国防观念，国将不存，土将沦丧，民将为奴，文化大厦也将随之冰消瓦解"。这是作者在新的时代背景下对"没有一支人民的军队，便没有人民的一切"这一历史的结论的独到感悟。

马文科在自序中指出，"国"字在甲骨文和金文中写为"或"，中间的"口"为国土、城邑，下面一"一"指人，右傍"戈"，意为人拿着武器守卫国土城池。后来，人们又在"或"字外加一个代表区域的"囗"，成为沿袭数千年的"國"字。此后武则天曾将"國"字中的"或"改为"武"，意为"圀"永为武家的天下，天王洪秀全曾下令将"國"字改为"囯"，意为国家乃"天王"之天下。而在新中国的简化字中，昔日的国被加上一点。这种"化干戈为玉帛"的改变，凸现了不同寻常的境界，提示国人要像爱护珍宝一样热爱自己的祖国，又代表了追求人类社会诚信相交、和谐相处的文化观念。应当说，马文科对"国"的识见是独到的，既有着深远的历史意识，又有着当下创新的独到的理解和发现，并以此作为统率整部作品的灵魂。就我看来，只这一个"国"字的独有的领略，自出新意，便使这部诗集有了颇重的分量。在诗中，他将"国"字看作用帛质绶带环绕的美玉，称"帛"为轩辕黄帝妻子嫘祖的发明，"从而使这个世界／少了几分寒冷／多了几分温情"；而"玉"作为天地万物之灵，以其坚贞、温润、灵秀，成为人格和国格的象征。然而"和平像一根脆弱的丝线／常常被战争的巨手无情扯断"，因而，"化剑为犁"诚然是我们的理想，"但为了和平／我们必须铸剑"；可作为中华武德的传统，我们所尊奉的却是"自古知兵非好战"，"苟能制侵陵，岂在多杀伤"，正如其诗中所言："一把剑足以使一个人屈服／但是要使一颗心屈服／就需要另一颗伟大的心"，这种中国军人的战争观，在诗中体现得异常充分，所谓兽性的战争必须用兽性的手段去灭绝，可"居安不忘危／备战不黩武／雪耻不复仇／图强不凌弱"，却充满了人性和壮阔的胸怀。

马文科同志是中国人民解放军防化指挥工程学院政治部主任。他的诗集中，写"和平卫士"郁建兴遇难；女将军钟玉征在联合国"国际实验室间化学裁军核查对比测试"裁决大会中，连续三年荣获"世界第一"的桂冠；喜欢与毒魔兜圈子，指导挖掘回收 4 万余件日遗化武的国际禁化武公约组织"指称使用"专家陈海平，让我们领略了这条特殊战线上令人肃然起敬的骄人事迹，扬国威、军威的精神境界以及专业上所达到的精微、难以企及的高度，均写得情真意切，令人感动。尤其是诗中所记载的一些数字——1915 年 4 月 22 日，使整个世界为之战栗的"伊珀尔之雾"，曾使 1.5 万英法联军死伤大半、遍地尸骸；第一次世界大战，化学武器造成 130 余万人死伤；第二次世界大战，纳粹在奥斯维辛集中营毒杀上百万人；以及日军侵华时组建的"516 生化部队"、"731 细菌部队"，又给中国人带来多少令人发指的灾难。这让我想到一位国外作家所说——"奥斯维辛之后，写诗是野蛮的"这样的话。其意，自然是指那种风花雪月、沉迷于个人私密感受的诗，而对于法西斯所制造的巨大的灾难，则必须予以揭露，以防止历史的重演。

或许，马文科的这部诗集，给我们启示和感动的，是理性、哲思、观念，也是情感的丰富，胸襟的开阔，以及防化兵的历史和现实这鲜为人知的领略，具有着开眼界、明心智的作用。当然，作品的一些篇章，亦有着自己的感受和艺术追寻，一些佳句，有着画龙点睛的作用，读后令人难忘。其中的部分古体诗，亦有浓郁的诗味。如《秦陇怀古题赠桑梓将军》，"筹运陇原驱流马，泥封函谷枕临潼"之句，以及"延水萦天际，锦帆指霞虹"，"士心堪作长城骨，不归岂为觅封侯"等，都意象鲜明，想象力丰富，练字、练句，尤重练意，颇有风骨，堪称好诗。而部分散文诗，也写得开阔、集中，有自己的体验和思索。

如果说不足，有的诗铺陈过多，欠凝练，有时理念多点、形象性不足也削弱了诗的意味。自然，我这是苛求了。不过，我相信随着时间的推移，文科的诗会越写越好。

目录

自　序

干戈屏翰春秋史　玉帛山河风雅魂

　　近年来，有一种越来越强烈的感觉，那就是每每打开一本中文书籍，就好像置身于中华文明发展的时光隧道，登临汉字搭建的文化七宝楼台，往往能从字里行间感受到其中蕴含的华夏沧桑更变和炎黄子孙的心灵迁衍，倾听到依旧回荡在流云天际的悠扬的暮鼓晨钟。就拿一个"国"字来说，堪称是古今浓缩方寸间，春秋历史多烽烟。

　　"国"字在甲骨文和金文中最早写作"或"，根据古人的解释，中间的"口"，代表国土或城邑，右首依傍一个"戈"，下面一"一"指人，合起来就是人拿着武器守卫国土城池。后来，人们又在"或"外面加了一个代表区域的"囗"，便成为沿袭使用数千年的"國"字。"國"在古代既可指国家，如"感时思报国，拔剑起蒿莱"；也可指国都、城邑、区域，如"三十一年还旧国，落叶时节访华章"；还可指封地、食邑，如"朱轮华毂，开国称孤"。但无论是"或"，还是"國"，都少不了"武备"这个要件，它充分反映了自远古以来，国人对立国守国强国之基的深刻思考。无论是轩辕黄帝"大刀霍霍定中原"的开疆伟业，还是孔子"足食足兵，而民信之"的治国箴言；无论是刘邦"安得猛士兮守四方"的慷慨吟唱，还是薛仁贵"三箭定天山"的传奇篇章；无论是春秋时期专行仁义的徐偃王弃武丧邦的古老教训，还是北宋末年文恬武嬉招致"靖康之耻"的历史经验，无不在一一昭示我们：在人类完全告别战争之前，武备始终是一个民族国家独立发展的基本前提；没有一支强大的军队，没有执政者和全体民众清醒一致的国防观念，国将不存，土将沦丧，民将为奴，文化大厦也将随之冰消瓦解。

近代的教训则更会使我们感到切肤之痛。军队驻扎与民族尊严、国家主权与领土完整紧密联系在一起，鸦片战争以后，从《辛丑条约》到《塘沽协定》，腐朽没落的清朝政府乃至蒋家王朝被迫一步步把驻军权拱手让与外人。卧榻之侧，列强执戈环立，于是"万县惨案"、"济南惨案"、"九一八事变"、"卢沟桥事变"接踵而至，中华民族蒙受了前所未有的奇耻大辱。正基于此，从反抗帝国主义侵略的长期斗争中锻炼成长起来的中国共产党和老一辈无产阶级革命家，在驻军权这一关系国家前途、命运的根本原则问题上从来是毫不含糊，决不让步。在开国之初，我们在社会主义阵营以外的某个重要友好邻邦，以"可能会影响两国友谊关系以及人民政府参加联合国和安理会"相要挟，极力劝阻人民解放军进驻西藏，毛泽东不为所动，不久八一军旗插上世界屋脊，雪域高原从此成为新中国不可分割的一部分。五十年代末，世界冷战正酣，海峡风云乍起，苏联老大哥趁机向中国提出建立"联合舰队"，毛泽东宁肯承担中苏决裂的战略风险，拍案而起，当面指斥赫鲁晓夫："什么叫联合舰队？到底是谁的舰队？"——俄罗斯军人重返中国的计划终成泡影。八十年代前期，中英两国政府开始谈判香港问题，对于中国政府是否要在恢复行使主权后驻军香港，英国政府和部分香港媒体一厢情愿地期待，思想解放和改革开放势头正健的中国能在这个问题上同样表现出"灵活性"和"新思维"，甚至抓住我国个别领导人的随口表态大做文章，对此小平同志一锤定音："不驻军还叫什么恢复行使主权?!"香港回归十一年来，来自海内外的鸦鸣蝉噪几乎从未停止，但我们却能够始终做到"任凭风浪起，稳坐钓鱼船"。时代巨人的远见卓识，由此可见一斑。一支真正优秀的军队应当是国家制度和人民福祉的忠实捍卫者，对一切危害社会和人民利益的罪恶行径，他决不会身陷"非政治化"的泥沼而无动于衷、"严守中立"。曾几何时，一支曾在二战中击败了最凶恶的德国法西斯和日本关东军、拥有世界顶级武器装备、数十年间虎视全球的大国军队，在风云突变的关键时刻，在巧舌如簧的蛊惑煽动面前，首鼠两端，进退失据，直至倒戈相向，完全未能尽到保卫国家和人民的神圣职责，"流水落花春去也，天上人间"，往日超级大国的荣光成为了亿万个梦中的追忆。

"人世难逢开口笑，上疆场彼此弯弓月。"在战争到来之前，善良的人们总是在内心虔诚地祈祷和平，在似锦繁华中，军人常常会被无情地漠视、冷落，但只有那些不为浮云遮眼、不被红尘迷心、不因强敌丧胆的执戈猛士，才是捍卫和平的坚强堡垒和稳固屏翰。"没有一支人民的军队，便没有人民的一切"——这才是历史作出的结论。

"国"字在形体演变中的另外几段插曲，也是十分耐人寻味的。中国历史上唯一的女皇帝武则天在位期间，有马屁精向她上书建议将"國"字中的"或"改为"武"，寓意"从今往后之域中，永为武家之天下"，女皇看后"龙"颜大悦，随即颁诏天下，照准推行。可仅仅推行一个来月，就有人上书指出：把"武"字放在"囗"中，与把"人"关进"囗"中为"囚"的意思相近，甚是不祥，不如改用"囗"中加"分"，代表四面八方皆属武家天下。武则天又觉得很有道理，于是下令准备再次修改，可还没等到正式推广，李隆基，张柬之等人发动宫廷政变，女皇被迫宣布退位，此事也就成为了一段笑谈。

无独有偶，一千多年后自封为"天王"的太平天国运动领袖洪秀全，也看着"國"字不顺眼，认定其中的"或"与"疑惑"的"惑"有染，于是下令改用"囯"（此字早在明代已经出现，并被收入《康熙字典》），寓意国家乃"天王"之天下。然而十余年后，曾国藩率湘军攻破天京，太平天国也随之成为历史。其实，在数千年的奴隶社会和封建社会里，又有哪一个帝王不是把国家视为自己囊中的私产？梁启超曾深为感叹：一部二十四史，二十四姓家谱也！这里有秦始皇"传之万世而为君"的狂想，有刘邦"某业所就，孰与仲多"的夸耀，有李世民"天下英雄尽入吾彀中"的自得，有晚唐藩镇"天子者，兵强马壮者为之"的蛮霸，有赵匡胤重内轻外、重文抑武的既定国策，有朱元璋大肆杀戮功臣的腥风血雨……通过古代"国"字几种形体演变过程，我们可以看到，万变不离其宗，其核心意义和目的是把国家当成一家一人之天下，这种把天下或国家视为一家私产的做法带来的往往是"天下第一家"无法遮掩的家丑、内斗和骨肉相残，是无可避免地走向衰败与覆亡的最终结局。就连为数不多的几个"圣君"形象也无不因为国与家的悖论而黯然失色、秽迹斑斑。"五帝三皇神圣事，骗了无涯过客。有多少风流人物？"

在共产党率领人民打江山建立新中国以后，也用实际行动对"国"字作了精辟的阐释。七十多年前，初到陕北的毛泽东在冰雪覆盖的秦晋高原抚今追昔，发出了"俱往矣，数风流人物，还看今朝"的石破天惊之语。六十多年前，他为当时广为传唱的《没有共产党，就没有中国》歌词加了一个"新"字，"新中国"与"旧中国"迥然不同的深刻意义顿时显现出来。五十多年前，在国务院公布的第一批简化字方案中，昔日的"囯"被添加了一点，变成了今天的"国"。这看似漫不经心的随手点染，却饱含了"风流人物"的无限深意，凸现出不同寻常的崭新境界，"王"权思想在这里立刻被驱除得烟消云散。

今天的"国"字外观，极像用帛质绶带环绕的美玉，她既可象征祖国毓秀钟灵的多娇山河，提示国人要像爱护珍宝一样热爱自己的祖国，又昭示国人要继承弘扬中国古老的玉帛文化，用自身的实际行动，树立和维护崇高的国家形象。在中国文化史上，玉帛原本代表了一种对天地造化的景仰与虔诚，一种高尚道德人格的物化形式，一种追求人类社会诚信相交、和谐相处的文化观念。这也正是我们在今天要继承与发扬光大的文化精神，因为新的时代与旧的时代的不同，包括新的英雄之所以不同于旧的英雄，新的政党之所以不同于旧的政党，新的军队之所以不同于旧的军队，新的国度之所以不同于旧的国度，重要的一条就是坚持"生而不有，为而不恃，功成而弗居"的天地之道、圣人之则和玉帛之髓，将祖国大好河山改造成人民大众施展才华的美轮美奂的舞台，进而构建和谐太平世界。窃以为，这才真正显示出了盛世强国"文采"、"风骚"的真谛，展现了与世界发展潮流相一致的"和平崛起"、"风雅中华"的国魂。

第一编

雄杰长歌砺赤子

猛士执戈奉玉帛

朋友从西北边陲万里行归来

送给我一帧照片

画面上

一位英气勃发的士兵

左手紧握钢枪

右手挥舞狼毫

正在万米"玉帛"迎奥运签名长卷上奋笔疾书

同一个世界，同一个梦想

我的心不由地砰然一动

继而呼之欲出："猛士执戈奉玉帛！"

这不正是中国军人

在构建和谐社会、和谐世界中的形象定格吗

岁月悠悠

时光荏苒

展开中华民族数千年的历史画卷

映入眼帘的不无刀光剑影、烽火狼烟

但镶嵌在龙魂深处的

却是亘古不变的和平、和睦、和谐、和善

一段四千两百年前的故事

使这幅恢宏的金典长卷

格外光华夺目、色彩斑斓

相传

远古盗取天帝息壤防堵人间洪水的夏鲧

为了巩固自己的统治

垒起一座两丈多高的坚城

然而

却换来了诸侯的离心离德

邻国的戒备重重

大禹登临帝位

一改父辈的既定国策

平毁城池、广施财物、布德休兵

各个邻邦心悦诚服

当大禹倡议在涂山与诸侯会盟

手执玉帛与会的竟有万国之众

从那时起

干戈化为玉帛

万邦彰显协和

人民共享太平

薪火相传永恒

在源远流长的华夏文明进程中

先后诞生了三大和平论

儒家注重秩序的以和为贵

墨家倡导实践的兼爱非攻

道家取法自然的无为清净

智慧的中华先哲早在几千年前

就道出了人类"和平与发展"的真谛——

和为贵，情为重，礼为上，诚为要

化干戈为玉帛

正如英国哲学家罗素所言

"如果世界上有'骄傲到不肯打仗'的民族，

那么这个民族就是中国"

研究中国文化三十年的西洋传教士利玛窦

也在晚年得出

"中国文化不可能支持中国军人跨国远征"的结论

世人不会忘记

大汉丝绸之路行进的中外使团商队

盛唐葱岭雪山执著的东西弘法僧侣

长安含元殿前的万国衣冠

东京汴梁城里的犹太社区

身为穆斯林的郑和

驾驭驶向西洋的和平船队

豪爽儒雅的晋商

在漠北冰天雪地留下的坚实足迹……

中国人天生的态度就是宽容友好

求同存异，以礼待人并希望得到回报

玉帛相见早已融进了每一个华夏子民的血脉

玉

聚天地之精气

集日月之光华

孕万物之丰采

在中华文化中被称作天地万物之灵

远古

最早作为兵器登上中国历史舞台的玉斧和玉钺

曾长期被视为封建君主征讨杀伐之权的标志

最终

玉却以她的坚贞、温润、灵秀

逐渐化作高尚人格和国格的象征

成为邦国和睦交往的信物

帛

相传是轩辕黄帝妻子嫘祖的发明

这位仁慈睿智的贤德帝后

教会了人们养蚕缫丝纺纱

也成就了中国"丝绸之国"的美誉

从而使这个世界

少了几分寒冷

多了几分温情

早在两千五百年前

中国丝绸就已出现在中欧的市场

在古罗马帝国

王公贵族都以穿上中国的丝绸盛装相互夸耀

柔软华美的丝绸

成为让世界了解中国的第一张名片

在东西方之间穿起了长久联系的纽带

承载了一段令人回味无穷的交往历史

然而

当美玉般的国土被人肆意践踏、宰割

帛书记载了一个世纪不堪回首的伤痛

玉碎成为壮士以身殉国的代名词

丝带也被编织成同心御侮的长缨

玉与帛的经典故事

何尝不是华夏历史和中国军人的文化图腾

因为和平和谐和睦

人与人之间才懂得了热爱——

热爱生命，热爱生活

热爱亲人，热爱朋友……

因为和平和谐和睦

国与国之间才能保持最质朴的零距离

炮火硝烟笼罩下的野蛮将被取代

从而拥有纯洁，拥有善良

拥有真诚，拥有朴素……

因为和平和谐和睦

人与人之间才能开阔胸襟

忘掉恩怨、忧愁、烦恼

"我为人人，人人为我"——

一个眼神，一泓清泉

一句问候，一杯甘醇……

因为和平和谐和睦

国与国之间才能"海内存知己，天涯若比邻"

看着眼前这张照片
我想起出国访问时看到的几道风景线——
在纽约联合国总部大厦前的绿草坪上
矗立着一尊雕像
一位魁梧的男子挥臂扬锤
正在锻打着一柄利剑
那柄利剑的锋刃渐渐变为耕地的犁铧
雕像以凝固的语言展示了人类对于和平的热切期盼
在波兰南部
有"死亡工厂"之称的奥斯威辛集中营旧址
见证了法西斯种族屠杀的累累罪行
当年希特勒口出狂言
用条顿骑士之剑为日耳曼民族的犁铧开辟广袤沃土
数百万犹太人在这里被视若蝼蚁肆意虐杀
换来的却是战争狂人暗室自戕死无葬身之地
1979 年
联合国教科文组织将其列入世界文化遗产名录
其用心也是借以警示世界"要和平，不要战争"
遭受"9·11"恐怖袭击的华盛顿五角大楼
曾被视为牵引世界军事变革的制高点和领头羊
由它搭建的"星球大战"计划和国家导弹防御系统

似乎要在茫茫太空撑起一道坚不可摧的铁壁铜墙
然而
当一架被"基地"组织劫持的客机赫然闯入
一贯倡导"精确打击"的三军指挥部
却成了被精确打击的对象

这是一个悖论——
尽管人类虔诚地祈求和平
可是战争的魔影却没有离开过人类片刻
和平像一根脆弱的丝线
常常被战争的巨手无情扯断
当回忆之舟将我们摆渡到昔日的彼岸
20世纪
那场把战争推上顶峰的二次世界大战
以7000万人死亡的黑色数字
给人类留下长久的惨痛记忆
伴随着新千禧年的钟声
整个世界陷入一片惊恐
全球核俱乐部的一次次扩大
一轮轮竞赛
换来的却是足以将人类毁灭数十次的能量
在那些防不胜防的自杀式袭击面前
所有的矛与盾都变得黯然失色

"9·11"事件后

恐怖袭击接二连三

印尼巴厘岛大爆炸

摩洛哥卡萨布兰卡爆炸

印尼雅加达万豪酒店炸弹袭击

马德里爆炸案

伦敦连环爆炸案

埃及连环爆炸案

这一切都似乎在提醒人们

和平和谐和睦之梦是多么缥缈而遥远

回眸饱蘸血腥与痛苦的一幕幕

是祭奠，更是汲取

我们所拥有的地球

并非只有阳光

有和煦的春风，必有肆虐的暴雨

有怒放的鲜花，必有凋零的枯叶

有胜利的喜悦，必有失败的悲哀

好像《红楼梦》中的"风月宝鉴"

一面是和平的安乐土，风光无限

一面是战争的火药桶，梦魇连连

这个阴晴圆缺的世界

令人亦喜亦悲

一位哲人断言

"也许你对战争毫无兴趣，

但战争却对你兴趣甚浓"

有资料表明

目前全世界军事人员高达 2600 万

直接从事军工生产的竟有 1 亿之众

每年全球军费已逾万亿美元

军火贸易额突破 300 多亿美元

此外

还有相当于 150 亿吨梯恩梯炸药的核武器能量

使全世界 60 亿芸芸众生

平均每人坐在 2 吨多火药上

随着"泛战争时代"的到来

战争已不限于炮火硝烟、血雨腥风黑色的字眼

一个索罗斯搞的金融风暴

让整个亚洲损失 2000 亿美元

不亚于二战所造成的浩劫

一名黑客的恶作剧

瞬间可以搞垮

一个国家的金融、电力、通信和军事指挥系统

甚至让其完全瘫痪

越来越多的人开始思考

哪里才有捍卫人类和平的宙斯之盾

怎样才能使世界保持辉煌避免沉沦

"誓将死里求生路，

世界和平赖武装"

一代革命女杰秋瑾

早在百年前

就发出了锻造宝刀澄清神州的呼唤

我们珍爱和平

希望化剑为犁

但为了和平

我们必须铸剑

如果将善良的希望

寄托在别人的忏悔和良心发现上

便有将一部宏大叙事史构建在流沙之上的危险

我们唯一能够指望的是自己的力量

坚韧不拔、胼手胝足壮大国防实力

运用强大的文化亲和力

经济影响力和高超的政治技巧

来赢得中华民族新的崛起

这才是谋求和平的资本、智慧、力量

所谓"上兵伐谋"

这才是颠扑不破的真理

马克思说过一句十分经典的话

"一个民族和一个妇女一样，

即使有片刻疏忽而让随便一个冒险者能加以奸污

也是不可宽恕的"

不珍爱和平是可悲的

认识不到为了和平必须备战更加不可原谅

军人的使命高于天

为了更多人的幸福——

依偎每一寸阳光

拥抱每一片蓝天

接纳阴晴圆缺

珍重悲欢离合

生存

乃至有质量的生活

必须仰仗于军人的忠诚和力量

撑起一派安宁祥和的生活背景

"功不唐捐，天道酬勤"

这句源自佛经的经典

阐明了世上所有的功德与努力都不会虚掷

"自古知兵非好战"

"苟能制侵陵，岂在多杀伤"

居安不忘危

备战不黩武

雪耻不复仇

图强不凌弱

数千年戎马风云、几大洲刀兵血火

中华武德就像夜幕中的北辰星

立极守中

端居笃定

淡泊澄明

她使掠夺者丑态毕露

令贪婪者自惭形秽

让前行者更加坚毅

使迷途者不再疑惑

正越来越成为天宇星空最耀眼的一颗

群雄竞逐天下乱

安得猛士守四方

枕戈待旦奉玉帛

担纲维和树新碑

这是新时期中国军人使命的拓展

也是东方文明大国责任的延伸

自 1988 年 9 月

中国加入联合国维和行动特委会以来

在硝烟弥漫的中东前线

在浴火重生的非洲丛林

在局势动荡的拉美岛屿

在魅影频现的中亚腹地

在海啸肆虐的沿岸

在地震频发的地区

数以千计的中国维和军人和国际救援人员

行万里心系祖国

战险阻不辱使命

胸怀正义爱和平

扬我军威树形象

他们既承载着沉重责任

又沐浴着无尚荣光——

因为这份责任

是祖国国际地位的提升

与中华民族伟大复兴进程紧密相连

为了人类能够享受和平的天空

先后有八位中国军人的名字

永远镌刻在世界和平事业的历史丰碑上

郁建兴和杜照宇烈士生前曾感慨地说

"世界和平丰碑的基石是无数人的奉献与牺牲，

我愿做这样一块基石"

男儿带吴钩

丹心为国酬

古老的东方圣火再次把世人心中的神灯点亮

从这幅"猛士执戈奉玉帛"的生动照片上

人们解读出了"军人生来为战胜"的剑胆豪气

履行新的使命

维护祖国统一

这是中国军人的神圣职责

如果我们是国际舞台上的一柄剑

那么一个强有力的竞争对手则像一块磨刀石

能让你在与之抗衡的疼痛中赢得锋利

反对"台独"、统一祖国

有人说，这有什么难的呢

发射几枚导弹不就解决了

一把剑足以使一个人屈服

但是要使一颗心屈服

就需要另一颗伟大的心

孙子兵法曰

攻城为下，攻心为上

这是一条至高无上的原则

同时

唯有保持强大威慑力量

采取有效遏制措施

才能迫使"台独"分子不敢铤而走险

望着眼前这张照片

我的思绪重回到光怪陆离的大千世界

当历史的车轮驶到今天

不少人惊讶地发现

我们的科技发达了，而人情冷漠了

我们腰包鼓了，而幸福少了

我们朋友多了，而真情少了

我们眼界开了，而心灵空了

有人形象地说

如今

满世界的"皇帝""子民"都成了钱氏后裔

一切围着钱转

以钱衡量贵贱

以钱划分高低

友谊靠钱建立

爱情靠钱维系

科研、教育靠钱指挥

这些人忘记了最起码的常识

金满箱，银满箱

可以换来紫蟒长、珍馐香、别墅房

但再高贵显尊的人

造物主只给了你一个胃、一副身

晚寝也只能高卧一张床

那些"身外之物"

如果来路不正

生前就有可能令你锁枷扛

死后更免不了招来骂名滚滚人皆谤

更有甚者

人际关系"战争"

将不少洁净地域变得狰狞而凄凉

如火如荼的内耗

你死我活的文化冲突

冲断了道德底线的腐败

在一些人眼里

独立不倚、卓尔不群的人格修养等于零

有的只是污七八糟的所谓个性张扬

充斥着铜臭味的权钱交易

我们中华民族

为什么能够历经数千年风雨沧桑而

弦歌不辍、魅力弥新

正是因为我们的祖先以中庸、和谐的心态

阻止了各种极端主义的发作

始终保持坚贞圆润、刚柔并济的玉帛风范

在构建和谐社会、和谐世界中

我们是否应当以百年来

那些不为盛名所颠倒的诺贝尔奖得主为镜

居里夫人有意将昂贵的金质奖章交给孩子当玩具

法国文学大师萨特干脆拒绝领奖

美国数学家纳什将得到的奖金慷慨送给穷人

这些矗立在时间广场上不被荣誉腐蚀的塑像

昭示人们在名利的巨大诱惑面前

保持"富贵于我如浮云"的淡泊心态

我们只有时时检查在这场与自身的道德战争中

是否做到了自警自省自励

才能真正奏响"真、善、美"的欢歌

加入人类与道德和谐并进的行列

去修复社会的百孔千疮

为复兴古老文明大厦增砖添瓦

与和平和谐和睦背道而驰的

还有一场场可怕的"战争"

生态破坏、能源危机、文化混沌……

引发此类战争的导火索只有四个字"欲壑难平"

君不见

这些年来

为了追求口腹耳目的片刻之娱

为了独占那一时的芬芳和美丽

一双双疯狂的黑手伸向了

茂密的森林、肥沃的土地

蔚蓝的天空、碧绿的江河

无休无止的开采

惨不忍睹的猎杀

肆无忌惮的毁灭

于是

有了"保卫母亲河"

"救救扬子鳄"

"保护农耕湿地和原始风景区"的悲愤呼号

当年

哥伦布驾驶圣玛利亚号漂过大西洋所发现的新大陆

是何等的山清水秀

他绝对想象不到几百年后的今天

环境竟被人类糟蹋吞噬得面目全非

试想

如果我们在这场生态与能源战争中沦为了失败者

和谐将成为掩埋在黄沙大漠中的楼兰古国

构筑在梦幻中的七宝楼台

和谐

离不开人与自然的契和、彼此不分

它是生命另一种形式的表现

我们只有一个地球

当自然对人类失去最后信心

地球便不再是诺亚的方舟

它们会毫不客气地

将沙尘暴、海啸、地震各种灾难抛向人类

如果我们仅仅发出和平的呼唤

就注定会在和平的岸边搁浅

如果我们仅仅怀着和谐的向往

就只能站在和谐的边缘

唯有把所有对外界的期待变成自身的行动

这世界才有走向完美的可能

面对这张演绎新时期玉帛文化的照片

我们不禁感慨万千

为了祖国的疆界不再成为冒险家致富的门槛

军人不能放弃手中的干戈

为了祖国母亲掌上的至宝玉帛

军人必须为实现人与自然和谐相处鞠躬尽瘁

当中外人士尽情享受边贸开放带来的富足之时

他们也许不会知道

是中国防化兵用至诚的信念、精湛的技术

在边防口岸除疫灭菌

为保障生态安全构筑起一道绿色屏障

当侵华日军遗弃化学武器

严重污染国土、威胁人民生命财产之时

又是他们义无反顾

亮剑出征

抛洒心血

换回了大地原本的洁净和人们灿烂的笑容

在非典肆虐的危机时刻

在核化事故的非常现场

到处都闪现着降魔神兵的身影

在祖国广袤的原野、山川、大漠

是子弟兵为焦渴的牧民凿出一眼眼甘泉

为遭受滥伐之灾的荒山秃岭披上满目葱茏

代表国人实现千年飞天梦想的中国航天员

用环地巡天的伟大壮举

为蓝色星球奉献上一条来自新东方的绚美玉帛

也许"化干戈为玉帛"的理念

会成为举世公认的行为准则

也许"以四海为一人,以天下为一家"的千年梦想

会变成能够被验证的前景预言

也许"环球同此凉热"的"太平世界"

会被我们的后辈亲眼目睹

也许"同一个世界,同一个梦想"的奥运口号

会随着北京2008的圣火恒久燃烧……

然而这一切

都需要我们今天每一个人伸出双手

不是默默祈祷

而是手挽着手，肩并着肩，铿锵前行……

有一种文化

我们传承至今

有一种信仰

我们从未动摇

有一种历史

我们铭刻于心

有一种行动

我们将执拗不懈地前仆后继……

2006 年 10 月 1 日

顿　悟

这是一场寰球同悲的空前劫难
这是一次刻骨铭心的思想洗礼
这是一笔多难兴邦的精神财富
这是一篇仰天俯地的立命感悟

当汶川大地震突然爆发的那一刻
霎那间人们读懂了
生命的短暂
灵魂的永存
目送一个个骤然远逝的背影
正如枝头繁花
妩媚一朝凋谢
盛景化作尘泥
光鲜谁能带去
唯有芬芳长留世间
果实回报大地
只凭内核珍藏的

一粒朴实无华的种子

把风采恒久延续

置身抗震救灾前线

目睹领袖和灾民休戚与共

子弟兵与群众鱼水相依

志愿者和公务员同德戮力

父母对孩子倾身护佑

丈夫和妻子生死相许

老师救学生慷慨取义

萍水相逢却相濡以沫

远隔重洋却心心相印

人们霎那间计量出

运筹的气度

爱心的热度

意志的硬度

人性的高度

品鉴面对劫难的众生相

人们在比较中洞悉了

什么是伟大

什么是渺小

什么叫卑劣

什么叫崇高

顷刻间

默默无闻的妇孺皆知

颐指气使的声名扫地

职当敏感的出奇愚钝

本应引咎的百般推诿

炮制的光环黯然失色

内敛的美丑大白天下

颠覆正义的终被正义颠覆

消解崇高的终被崇高消解

追求震撼的

漂亮外衣被无情地震落

真情奉献的

挺起了顶天立地的脊梁

大自然带给人类的灾难

再次将我们引入"天地人"的大课堂

倾听天籁、扪心长思

历览前史、忖度未知

为何众多先圣倡言生于忧患

怎解古今英贤笃信多难兴邦

审视汶川这片注定要载入史册的土地

不禁使人惊叹

天人之际"裂"和"聚"的千古传奇

公元前二十一世纪

这里走出了率领黎民战胜天灾的大禹

当年面对破岸而出的滚滚洪流

大禹决然舍弃

一味修补防堵的因循旧例

更未仰赖盗自天庭的息壤

而是因势利导疏浚山川

胼手胝足躬身垂范

最终百川归海天下归心

华夏的地理版图和心灵疆域由此奠定

公元二十一世纪

中华儿女再次从这里共赴国难慷慨出征

续写重整山河再塑家园的辉煌历程

以人为本的立国理念

在天府之国得到令人信服的诠释

新命旧邦的历史嬗变

把亿兆炎黄子孙空前凝聚

中华文明孕育的大爱

再一次向世人展示出

华夏民族不可战胜的风骨

面对寥廓苍茫

我们有理由相信

天崩地裂

吞噬了众多无辜者的生命

却聚集了"齐州"

齐心更生的力量

击碎物欲的桎梏

唤醒沉睡的心灵

彰显不渝的信念

熔铸涅槃的愿景

天人交相胜

众志可参天

2008 年 5 月 20 日

和平执子

——献给"和平卫士"郁建兴烈士

2003年3月14日凌晨，惊悉郁建兴不幸遇难的噩耗，悲痛欲绝。泪眼蒙眬中，不时浮现他的音容笑貌。前天，他还从巴格达打来电话，谈及自己写了6篇学习"三个代表"的体会文章，并要我通过电子邮件将下一步的理论学习计划和辅导材料给他传过去。此时，窗外突然淅淅沥沥下起了春雨，天公与世人同悲，他壮志未酬，英年早逝，国家痛失骄子，我军惜损良才。为告慰英雄在天之灵，草拟散文诗《和平执子》一首，以示对战友建兴同志的永志怀念。

当全世界爱好和平的人们

在蓝天白云下放飞和平鸽

有一位中国军人

在战云笼罩的巴格达

为和平献出了38岁的年轻生命

噩耗传来

故乡滚滚东逝长江水

发出长长的悲吟

长城脚下的宁静校园

回响起阵阵令人恸楚的哀乐

啊！战友

再也看不到你那伟岸的身影

啊！师长

再也听不见你诲人不倦的辅导

泪水，一行行

融入早春三月的丝丝雨滴

在无数泪眼中

矗立起一座新的丰碑

16岁花季

你从长江走来

放弃填报令人神往的"北大""清华"

毅然选择了绿色方阵

从此

你就把个人命运与长城连在一起

22个春华秋实

你扮演了如此众多的角色

学士、硕研、博士、教授、领导干部……

一个当年靠采药凑齐赴京路费的农家子弟

就这样实现了人生的辉煌

你渊博的学识，出色的业绩

被联合国监核会聘为首席核查员

两次赴伊核查

多次与死神擦肩而过

你总是谈笑风生

秘书长安南先生对你作了八个字的盖棺定论

——"忠于职守，深受赞誉"

国家领导人称赞你是

——世界和平的卫士，中国军人的骄傲

而这一切

正是由于你

无时无刻不在更严格地

核查自己

你并非别无选择

作为一名年轻有为的药物化学博士

只要愿意

金苹果岂非唾手可得

你并非无需金钱

上有疾病缠身的老母

下有正在读书的儿子

可是

当一家企业开出百万年薪的价码时

你却对妻子的转业"动员"不点头

在你的脑海

家庭时常当成封存的记忆

你总是在实验室

通宵达旦

锻造降服毒魔的利剑

架在墙角的那张行军床

向人们讲述了一个个催人泪下的故事

是你

率领攻关组经过上万次实验、分析、计算

建成世界一流的"实验设施"

催生化武领域一项世界尖端技术

除夕之夜

当战友端来年夜饭

你才恍然大悟

倍感内疚

举杯遥祝千里之外的妻儿老小节日快乐

你结婚16载，分居14年

两年前

妻儿虽调到了身边

可是

夫妻团聚的日子不到60天

爱子的学习成绩也从前几名落为后几名

为此

你在异国他乡

曾多次在电话中向亲人表达愧疚之情：

"作为研究生导师

却不能培养自己的孩子

博士父亲名不副实啊！"

你并非不懂潇洒、放松

多年超负荷运转

腰椎痼疾使得你只能每次落座5分钟

在只有700米的回家路上

不得不歇息，再歇息

可你

却把医生开具住院40天的条子藏在兜里

拿了几片药

又匆匆走进教室

走上领导岗位

你孜孜不倦学习科学理论

因为你深知

理论武器更比化学武器有力量

在巴格达紧张繁忙的83个日日夜夜

饱蘸心墨写下了6篇学习"三个代表"体会

啊！战友

你为崇高的和平事业而献身

全世界人民都将铭记你的英名

你没有走

你一直挺立在维护世界和平的联合国大门

听——

国际同行在对你说

"以后每次核查，我们都要写上你的名字——郁建兴！"

听——

校园莘莘学子在对你说

"郁导师，天上星星最亮的一颗，那就是你！"

2003 年 3 月 14 日

宋举浦 摄

让我们接替你

这是一帧利用偶然机会摄于郁建兴烈士家中的生活照,时间是在建兴同志赴伊拉克执行国际核查任务牺牲一年后的 2004 年 5 月 30 日。照片上郁建兴的夫人徐新艺正和爱子郁聪一道,为远在江苏靖江的公婆精心分装行将寄出的药品。母慈子孝,忠贞为国,这是一个伟大而又典型的中国家庭。和平卫士郁建兴少年丧父,是母亲的远见和勤劳,使他得以走上了辉煌的成功之路。烈士生前对母亲的孝敬,尤其是他长年为不识字的多病母亲精心修脚、包药的故事,在家乡在单位皆已广为传诵。建兴同志以身殉职后,徐新艺和郁聪长久陷于丧夫失怙的深深悲恸之中,然而他们更深知,老年丧子对于本来就已疾病缠身的公婆、祖母意味着什么。为了建兴同志在九泉之下的未了心愿,为了最大限度地抚平英雄母亲的心底伤痛,在这个取名叫"丝竹琴"的地方,原来的县锡剧团团长、曾经荣膺"江苏 21 位杰出女性"殊荣的徐新艺,在繁忙紧张的工作之余,又开始用她那多年来擅长抚琴弄箫弹拨瑟琶的一双纤手,为公婆并教给郁聪为祖母,精心包装那些原本该由建兴同志来包的药片……

这张照片反映的场景,也许只是千千万万个中国军人家庭的一个缩影。可正是这千千万万个军人家庭,在支撑着广袤神州上方一片宁静和平的天空,并为国家赢得了世界的敬重!

我们知道，天堂上的亲人

会一直注视着我们

为了他平生牵挂的妻儿

也为了平生牵挂他的母亲

没有谁能比和平卫士的妻子

更晓得和平的代价

没有谁能比军人的后代

更懂得大爱的深沉

建兴，我们始终依恋着你，

并为此更加感激你的至亲——

尊敬的公婆

是您用枯瘦的双手

捧出建兴辉煌人生的起点

祖母大人

是您以年愈七旬的多病之身

陪伴魂归故里的父亲度过劫后的寒暑晨昏

建兴始终深爱他的母亲

一如他对和平事业的虔诚、忠贞

当年为不识字母亲精心码好的一包包药片

仿佛还在诉说建兴移孝作忠、忠不忘孝的赤子丹心

放心吧，把药交给我们

让我们接替你

用反哺去偿还、感恩

并且请你相信

一位养育了民族骄子的英雄母亲

她的子孙儿女

又何止膝下的我们

绽放于日内瓦湖畔的东方奇葩

——献给共和国一位女将军

中国防化兵永远忘不了扬眉吐气的这一天

1991 年 3 月 4 日

在这个草长莺飞的季节

当和煦的微风

轻轻掠过日内瓦银妆素裹的勃朗雪峰

和莱蒙湖畔的碧波清流

把春的信息

撒满这块世人瞩目的和平圣地

一丛来自古老万里长城脚下的东方奇葩

在众多世界顶级专家们的阵阵喝彩中

迎风怒放

颔首俏立

这是联合国组织的

"国际实验室间化学裁军核查对比测试"裁决大会

在日内瓦什皮兹 NC 化学实验室宽敞明亮的大厅

当联合国化学裁军委员会官员缓步走向主席台时

来自全球十五个国家的十七个实验室的科学家

都在屏息翘首等待比赛结果

因为这是一场展示各国实力的竞技

被圈内人称为"奥林匹克式"竞赛

"现在我宣布：

本次测试第一名

6号——中国"

顷刻间

雷鸣般的掌声响起

"OK！中国！"

"中国人，OK！"

几乎所有人的目光

都投向端坐在"CHINA"名牌后的

一位气定神闲的女科学家

自恃高傲的某些西方大国同行

在遭遇猝不及防的心灵震撼后

不由得交口称赞

"中国人的军事化学分析水平已遥遥领先"

担纲摘取这个不亚于诺贝尔奖桂冠的巾帼英雄

是一位年逾花甲的军人

她的名字叫钟玉征

凭借大半生的信念、学识和坚毅

她终于积土成山、沥血成霓

铸就了一段新东方女性的完美传奇

谁能想到

这位在国际化学舞台叱咤风云的人物

论名分还是中国最后一个封建王朝的皇室宗亲

按皇室的叫法她应该是福晋

与她志同道合的丈夫

是清肃亲王爱新觉罗·善耆的孙辈

而更具戏剧性的是

她所工作的地方是金朝皇帝完颜璟命名的驻跸山

其外观酷似一座翘首远眺振翅欲飞的雄鹰

当年八国联军攻入北京

一身农妇打扮的慈禧

携光绪皇帝及皇室嫔妃、文武大臣仓皇出逃

夜宿在这座山下的一个清真寺里

其状唏嘘狼狈、惨惨凄凄

"量中华之物力，结与国之欢心"

老佛爷的卖国苟安

换来的只是列强的鄙夷和人民的唾弃

远在国外留学的鉴湖女侠秋瑾

目睹祖国山河破碎的悲惨情景

挥舞一枝纤笔

饱蘸一腔热血

愤怒高歌

激情如泻

"宝刀侠骨孰与俦？平生了了旧恩仇。

莫嫌尺铁非英物，救国奇功赖尔收"

清东陵的豪奢铺陈

早已被盗墓的军阀洗劫殆尽

西湖畔的秋瑾墓前

汇集了多少凭吊者涕泣沾襟

蹉跎岁月中两位近代女性的迥异人生

昭示了世间贵贱荣辱的真谛

更启发着新一代情系祖国的炎黄儿女

1930 年出生于广东顺德的钟玉征

幼年随父母在广州、香港、澳门度过

虎门销烟的壮举、三元里抗英的怒涛

孙中山先生求中国之自由平等、力倡革命的呼唤……

在她的头脑里打下了深深的烙印

豆蔻年华的她

也曾是一名虔诚的基督教徒

在家庭和教会学校的熏陶下

从小养成了洁身向善的天性

也为自己勾画了留学归来悬壶济世的美妙人生

然而

司徒雷登匆匆远去的背影

鸭绿江畔隆隆的炮声

震醒了这位清纯少女的幻梦

丢掉幻想

准备斗争

正在南京金陵女子文理学院读书的她

毅然投笔从戎

跨入了我军第一代防化兵行列

从此

几度风雨、几经拼搏、历尽艰辛、征鞍未歇

柔情似水、弱柳扶风、小鸟依人，

这似乎是传统文化中关于女人的权威版本

而女将军的人生词典里却演绎了与之相反的注解

在初绽花蕊最需要呵护的豆蔻年华

与父母双亲远隔重洋天各一方

在自我价值最需要尊重的而立之年

因为众多"海外关系"被控制使用、置于另册

在教学科研最易取得突破的不惑之年

本应作为治学育人中坚的她

被告知的是接受批斗、交待问题的聆讯

柔弱的双肩挑起百余斤重的猪食……

艰难困苦，玉汝于成

玉在璞中，抱贞通灵

她不曾为了个人待遇的不公

失去对祖国母亲的依依爱恋

她不曾为了生活经历的曲折

放弃对本职工作的执著追求

因为她始终坚信

这一切不过是人生斑斓阅历中的一段插曲

祖国万里长天上的几缕云烟

为了探索我军分析化学的新路子

她不放弃任何一个机会

从中了解国外发达国家分析化学发展的新动向

为了学习研究世界最新科技成果

她从未间断学习外语

就连"文革"在"五七干校"养猪时

也请香港的亲人寄来英文版的《西行漫记》

孜孜不倦地学习并把一些章节翻译出来

在精通英语的同时

她还自学了俄语、德语和日语

为以后的研究工作打下了坚实的基础

1975 年早春三月

京城依然朔风似剑

从"五七干校"回到阔别多年的讲坛

当她一翻开教材便惊呆了

我军的防化教学水平还停滞在十年前的状态

她心急如焚——

"千秋耻，终当雪；

中兴业，须人杰"

她好像倾听到自己胸中奔涌的热血掀起拍岸涛声

重新开始沿着现代分析化学新体系的崎岖山道

不懈攀登、开拓、进击

洒下滴滴汗水

换来累累硕果

为建立我军防化教学的新体系

她奔波于北京各大图书馆

系统查阅各国的《化学文摘》和大量特种文献

摘录了100多万字的参考资料

从而对防化领域的众多复杂问题

都能娴熟运用分子轨道、量子化学理论诠释

她教书育人的严谨治学精神有口皆碑

为人师表更是赢得了广大学员的爱戴

1985年3月

世界有机磷化学会议在中国召开

钟玉征为波兰著名的化学家米教授做翻译

她精湛的英语水平和熟练的科技词语

使许多国际同行大为惊叹
米教授则更是赞赏有加、当场表态
"以后凡是你推荐的研究生
我都无条件接收，尽管介绍过来"

献身防化事业几十年的钟玉征清醒地意识到
化学武器这个可怕的"恶魔"
既伤害过人类的过去
也威胁着人类美好的未来
它从第一次世界大战问世
那疯狂肆虐的杀人魔力就使世人惊骇
1915 年 4 月 22 日
伴随着德军施放的黄绿色烟雾滚滚袭来
1.5 万英法联军顿时死伤大半、遍野尸骸
德军在伊珀尔战役中的化学攻击
揭开人类历史首次大规模使用化学武器的序幕
这一天变成了人类的"忌日"
"伊珀尔之雾"使整个世界为之战栗
成为笼罩在人类头上挥之不去的恐怖阴霾
然而
第一次世界大战
化学武器造成130 余万人死伤的伤痛尚未抚平
第二次世界大战

德国纳粹毒杀上百万人的奥斯维辛集中营

以及日本侵华时组建的"516生化部队"

"731细菌部队"等又卷土重来……

世界爱好和平的力量在凝聚、在努力、在期待

远自1899年和1907年国际社会在海牙

两次和平会议制定的《陆战法规和惯例章程》

再到1925年38个国家签订的《日内瓦议定书》

1992年《禁止化学武器公约》草案的拟定……

一个世纪相继出台了这么多美好的文件

仍然阻止不了"毒魔"的嚣张气焰

人类仍在禁止化学武器的呼吁声中

奔走徘徊……

20世纪80年代

联合国裁军委员会化学武器特设委员会开始组织"联试"

此时已有121个《日内瓦议定书》的缔约国中

敢于或有能力参加"联试"的却寥寥无几

多数国家由于技术水平等原因而被排除在"联试"门外

90年代的第一个春天

联合国化学武器特设委员会向中国政府挥动了"橄榄枝"

邀请我派团参加第二轮国际"联试"

面对前所未有的艰巨任务

迎接挑战就意味着承担风险

人家下了战书

分明就是想检测中国防化兵的勇气和实力

正如雄鹰从不畏惧天地间的任何挑战

石鹰儿女岂能因为示弱而使国人丢脸

想到第一轮联试被拒之门外

面对某些西方大国的藐视态度

钟玉征不顾年逾花甲

毅然请缨担纲

在这块流传着杨家将故事的土地

再度上演了一出佘太君挂帅的经典好戏

这是一场国际间的直接对抗赛

各国实验室在同一天同时开启试管

一个月后同时报告实验结果

逾期未上报者将会被"红牌"罚出赛场

半个月后还要同时上报书面报告

逾期同样会失去"比赛"资格

我国驻堪培拉大使馆信使带回的分析样品

是一个只有两副扑克牌大小的金属盒

盒内装着29支状若香烟的玻璃管

管内或是一支棉签、或是几滴水、或是几粒活性炭……

隐藏在其中的毒剂只有几十亿分之一克

甚至上百亿分之一克

这样毒剂含量的分析样品

犹如将一勺毒剂洒入大海

要解析出它的不同成分

犹如大海捞针

29 支卷烟大小的玻璃管

其分析难度毫不亚于攻克 29 座坚固城池

钟玉征率领的专家组

人人都感受到一种前所未有的压力

仪器的差距

经验的匮乏

以及不可抗拒的人生自然规律

参赛选手们陷入"山重水复疑无路"的境地

"口衔山石细，心望海波平"

老教授给大家讲起精卫填海的典故

一位帝室娇女尚能以柔弱的巾帼之驱

勇敢挑战大自然

从而使自己成为唯一能与

补天的女娲圣母齐名的两位踵武英杰

这不能不说是女性的莫大荣耀

古圣先贤精进有为的人文精神

使专家组渐入诗境

思立掀天揭地的事功

须向薄冰上履过

去除了衰退之气，消失了颓唐之感
唤起的是恢宏、阔大、豪迈、雄浑
坚忍不拔，无坚不摧
在冷静中解读，在分析中求索
终于捕捉到解码的蛛丝马迹
于是，作为统帅的专家组组长
钟玉征当机立断
独辟蹊径，运用"痕量"分析方法

各项实验有条不紊地全面铺开
沉着镇静的老教授指挥若定
从制定整体实验计划方案
到协调各小组关系
从把握实验进程
到了解实验细节
还要对一些疑难问题拍板定案
及时纠正偏差，适中进行具体修改
连日来
钟玉征和参赛专家们
说不清遇到了多少困惑
记不得攻克了多少难关
多少次彻夜不眠
多少次精心实验

多少回花明柳暗

多少回峰回路转

"萃取实验"

"色谱实验"

"质谱实验"

"激光拉曼实验"……

集慧眼以辨疑

携素手齐排难

探骊珠于幽玄

终于

全部分离出了 29 个分析样品中的毒剂

初战告捷

折桂蟾宫

12 月 13 日凌晨 3 时

"联试"样品鉴定讨论会一结束

立即向化武特委会电传测试结果

而此时的钟玉征却没有丝毫懈怠

她把自己关在屋子里

用父亲遗留的那台德国手提英文打字机

为国际裁军委员会撰写技术报告

经过整整七天七夜的字斟句酌

"推敲"出一份长达 206 页图文并茂的技术报告

终于走完了"联试"最后一段征程

她舒心地笑了

又哭了

望着眼前这台德式打字机

情不自禁勾起对天国亲人的怀念

为了忘却的纪念

她选择以这种方式向逝去的双亲

作了一次独特的遥祭祈祷

几天后

在联合国裁军特委会下发的技术报告中

收进的3个典型处理样品方法都是中国的

所收入的图谱中来自中国的就占了22%

委员会要求在以后的实验中

各国都要以中国的做法为榜样

并将中国的报告印成专页推荐给其他参试国

高屋建瓴

技压群雄

世界为之折服

同道为之心倾

钟玉征用比赛这面镜子

让西方人照见了他们不曾了解的中国

载誉归来

为国争光的功臣们无不沉浸在胜利的欢乐之海洋

钟玉征却冷静地说："这是不值得沾沾自喜的事

成功与失败，荣耀与平凡

就像变化多端化学元素似的，

今天第一，明天可能就是末尾"

正如不满足一役之胜的大将

她沉着冷静地等待

企盼迎接新的挑战

1992 年 2 月 28 日

第三轮"联试"的帷幕再度拉开

由芬兰人出的考题同样习钻古怪

附着在橡胶、油漆片和混凝土中的测试样品

属性更加诡异难测

钟玉征率领参赛团队

迎难而上

分离、失败、再分离

循环往复

日以继夜

以"千峰驻跸潮头立"的特有执著

锲而不舍

明察毫末

在一个东方破晓之时

她们终于冲破芬兰考官布设的重重迷阵

找出了全部芥子气和同系物

就连放进去的杂质也一个不落地俘获

芬兰"考官"同样向中国专家组伸出大拇指

"中国人，名副其实的冠军！"

竞赛总是一轮比一轮激烈

一年后

第四轮国际"联试"的战幕又重新拉开

这次竞赛的样品由美国科学家配制

超级大国各路精英荟萃

顶级专家配制的分析样品果然出手不凡

那些化学样品如梦似幻

有时刚捕捉到影子却稍纵即逝

有时刚放到仪器里又烟消云散

全世界17个实验室在同一时间同时展开

经过两轮"联试"的中国专家组

知难而进

沉着应战

面对难以分解的环境样品

这位善于融分散智慧为智慧金字塔的指挥员

心有灵犀

言辞铮铮

"千金之裘，当非一狐之腋；

聚沙合璧，乃成汪洋大观"

依靠群众，群策群力

科学破解了一道道难题

终将各种魑魅魍魉一网打尽

着实让一贯自负"高处不胜寒"的"山姆大叔"

懂得了什么叫做"天外有天"

当第四轮联试竞赛结束张榜公布的名单出来

更令世人惊愕、国人开怀

所有参试国只有五个国家提供了

完整的"质量保证和质量控制系统报告"

而荣登榜首的仍然是——6号

中华人民共和国

自负的美国人不得不俯首称臣

"中国同行把我们的'密码'完全破译了，

简直令人不可思议！"

三年连续荣膺"世界第一"桂冠

无可辩驳地证实了中国防化兵维和实力

这是迈向复兴的中国昭示于世界的精彩

这是万里长城奉献给人类又一新的光耀

京郊雄伟蜿蜒的万里长城

被视为中华民族智慧、勤劳、和谐精神的象征

当年驻守在这里的明代戚家军

曾用世界上最先进的武器装备

在东南沿海抗击倭寇中打出了中国军队的威风

然而当中国从世界科技之巅迅速滑落

长城内外便一次次敲响亡国灭种的警钟

用我们的意志、用我们的血肉、用我们的智慧

筑起我们新的长城

成为无数中华儿女的共同心声

科学技术从此肩负起了

救亡图存、拱卫复兴的历史使命

从詹天佑主持修通京张铁路的惊世壮举

到精心备战罗布泊石破天惊的原子试验

居庸关

这座最早由秦朝"徙居庸徒"筑起的关城

注定要成为科技兴邦的历史见证

当年成立于抗美援朝烽火中的化学兵学校

选择了居庸关作为建功兴业的宝地

是巧合，还是玄机

在玄奥精深的中华文字库里

一个"庸"字竟同时蕴含了两种相反的含义

功勋和平庸

就像太极图中的阴阳鱼

相逐相依却截然对立

充满哲理

给人启迪

自古以来

就有视名利如粪土视富贵如浮云的高士

一生自甘平淡却塑造了辉煌和不朽

也有把痈疽当宝贝把庸碌当传奇的小丑

一世自命不凡却始终跳不出蝇营狗苟

自以为高贵者藏污纳垢

自以为渺小者成就伟大

这或许就是一个"庸"字包涵的古老辩证法

女将军的工作单位

数十年来汇集了国家的大批科技英才

在艰苦卓绝条件下辛勤耕耘奋力攻关

然而由于军事保密的需要

几乎没有人知道他们为国家作出的特殊贡献

一如他们身后

这道凝聚了无数先民血汗

已成为民族精神象征的巍峨长城

又有谁知道那些被统治者唤作"庸徒"们的姓名

然而相对于那些名噪一时的星男超女

他们才是真正创造了历史推动了时代的英雄

"第一流人物对于时代和历史进程的意义，
在其道德品质方面也许比他的才智成就还要大"

这句当年爱因斯坦对居里夫人的评价

也是女将军大半生沧桑与辉煌的真实写照

古稀之年的她

面对掌声、鲜花

各种荣誉纷至沓来

"全国三八红旗手"

"全国巾帼建功标兵"

全国人大代表

军委主席亲批授予一等功、少将衔

老教授始终保持着一颗寻常百姓心

冰清玉洁、平淡似水

因为她早已练就了宠辱不惊的胸怀

简约质朴

洒脱深沉

往日

穿行在苦涩的岁月

拥有前清皇室贵胄特殊身份的她

曾让人敬而远之

唯恐对封建余孽避之不及

后来当清宫影视大行其道

"正说""戏说"财源广聚

她和老伴却是依旧气定神闲、坐看云起

因海外关系为数众多

她背负上"特嫌"恶名

也曾让不少人谈虎色变

如今海外关系却化作了令人羡慕的资本

甚至成为某些人扣开西方极乐世界的通行证

而她面对海外亲人出国定居的再三邀请

却始终不为所动

只把对家庭、亲人的愧疚

深深埋藏在海样的心胸

近半个世纪的风风雨雨

从青春年华到鬓发斑白

她站立在育人的讲坛

照人如烛诲人如蚕

为我军培养了一批批栋梁英才

她的学生中有为数不少的博士、硕士、教授

还有遍布全军基层防化部队担负重任的主帅

遨游在知识的海洋

她治学如钉

著作等身

编写出一本本在世界处于领先地位的专著

作为全军恢复军衔制后

最早授予的屈指可数的女将军

以及国际化学裁军技术领域"居里夫人"的美誉

她总是淡然一笑

始终以"清水教员"自许

如石鹰脚下的汩汩山泉

在山流清

出山淌碧

朴实本色

始终如一

关心他人

胜过自己

她始终找不到身为将军的感觉

摆不出时下明星惯有的凌人傲气

因为她始终坚信

浮华总会凋谢

大地铭刻的永远是奉献者的青春

"心有所系毫发重，心无旁骛一身轻"

女将军钟玉征

就这样亦重亦轻地运行着她的人生

1999 年 9 月 9 日

巾帼颂

——贺钟玉征教授执教五十年

老教授，人称颂。为什么，育精英。五十年，不平凡。

爱国家，恋长城。不为利，不为名。视富贵，如浮云。

师道严，蜡烛情。燃自己，照别人。桃李满，在军营。

竞风流，联试中。三连冠，露芒锋。振军威，扬国名。

人未老，歌未竟。天地转，光阴迫。光荣在，看涛声。

巾帼志，超须眉。真金在，岂销铄。与时进，永不停。

脍鲸东海铸和平

——记国际禁止化学武器公约组织"指称使用"专家陈海平

在巍巍居庸关长城脚下

伫立着这样一位中国军人

69个寒暑岁月

银霜早已浸染了他的双鬓

惯看秋月春风的目光里

深藏着超人的睿智和热忱

同化学武器打了一辈子交道的他

临近解甲卸任之际

又被委以国防部技术专家重任

参与处理日本遗弃在华化学武器工作

将受命之日起

这位在南京大屠杀的尸山血海中的侥幸存活者

满怀对屠杀制造者的怒火

凭着一双早年在中国红色工程师摇篮——

哈尔滨军事工程学院

炼就的金睛慧眼

踏遍万里神州的锦绣山河

将侵华日军大量遗弃的至今肆虐逞凶的

鬼蜮毒魔

——发掘、——识破、——斩获

从而真情演绎了一段

从魔鬼施虐见证者到魔鬼阴魂降服者的

辉煌人生

他用赤诚、博学和智勇

在中华大地亿万国人心中镌刻下自己的名字

——陈海平

封侯非我意　　但愿海波平

昨日的伤痛

多半已成过眼烟云

唯有 1937 年的南京

却令所有中国人

将仇恨刻骨铭心

那是丁丑年的隆冬

还在襁褓中尽情享受母爱的他

全然不知自己身处的六朝古都

正悄然迎来亘古未闻的灭顶之灾

当日本法西斯的屠刀刺破婴儿熟睡的甜梦

当隆隆开过的坦克轰然轧碎窗前咿呀儿语

金陵故园的花团锦簇浸在血水汇成的河流
十里秦淮的桨声灯影被狂呼和哀号所代替
乌衣巷王谢堂前的燕巢在火海中化为灰烬
江南贡院的孔圣人像前升起滴血的膏药旗
已有两千四百多年历史的华夏名城
几乎一夜之间毁灭殆尽
30万以上手无寸铁的无辜市民
惨遭灭绝人性的虐杀屠戮
来自美国的魏特琳女士——
这位当时亲眼目睹并在日记中详细记录了
人类空前浩劫的
善良基督徒
因为不堪忍受精神的折磨
最终竟然将自己变作了超度南京1937的祭品

咿呀学语的童龄

本不是记事的时候

然而人间地狱的惨变

足以让一草一木永远铭记同胞的呻吟

孩提时代

每当他听到父辈

悲愤地追忆起石头城遭受的种种骇人听闻

幼小的心灵就像被放在油锅中煎熬

多少年以后

当他怀着洗雪国耻的夙愿

从南京考入哈尔滨军事工程学院

在松花江畔这片曾饱受侵略者蹂躏的黑土地

首次近距离接触到日本"516"生化部队

和 "731"细菌部队的极罪斑斑

面对那一幅幅惨无人道的图景

特别是军国主义强盗在中国同胞身上注射毒剂

将人当动物做化学和细菌武器活体实验的照片

悲愤的泪水总会情不自禁溢出

滴血的内心伤痛

使他对日寇产生了"执著如怨鬼"的愤恨

奇耻大辱化为仇恨的种子

在心中发芽

作为一个中国人

我永远不会忘记这一天

1937 年 12 月 13 日

永远忘不了屠杀者在南京一手制造

东方的"奥斯威辛"

置身哈军工这座象牙塔

年轻的陈海平惜时如金

在学海泛舟中精采博研

在立志报国中驭马前行

当四年负笈求学时光画上圆满的句号

他以全优生的骄人成绩

成为学院新设立的防化学工程系

一名光荣的军校教官

从那时起

他的脑海就不再只是浮现

倭寇踏在金陵故园那些罄竹难书的罪恶铁蹄

他的胸中更常常涌动

四百多年前著名抗倭英雄戚继光的豪迈诗句

封侯非我意

但愿海波平

回首沧桑

寄兴云帆

从北疆到南国

从关外到都会

星移斗转

似水韶光

在《毕业歌》的铿锵旋律中

作为教员的他

在近半个世纪的杏坛躬耕岁月

送出一批又一批保国强军的芬芳桃李

吟成一章又一章烛火照人春蚕吐丝的动人诗篇

莫道桑榆晚

为霞尚满天

在别人已是含饴弄孙尽享天伦的花甲之年

他却在自己从事的"化学武器效应及销毁"领域

受命冲到"世纪降魔之战"的最前线

前年脍鲸东海上　白浪如山寄豪壮

1998 年 3 月的金陵

燕舞莺歌

柳暗花明

60 年前那场惨绝人寰的悲剧

留给世界的是渐行渐远的背影

和着《相约九八》的欢快乐曲

春风里沉醉着绿色的心灵

何曾想到

石头城外

再现魔影

妖雾重来

石破天惊

一座砖窑源源飘出的刺鼻黄烟

令一个叫黄胡子山的地方

69

霎时汇聚了南京乃至全世界的目光

面对兽性侵略者新的罪证

还有谁能够再轻言忘记过去

当年在大屠杀中幸存的防化英杰

注定要从仇恨的起点开始战地反击

回到阔别多年的故里

并非为了展示衣锦还乡的荣耀

此行肩负的是中国防化兵的使命

踏上长江之滨这座本不知名的小山

原本已作了充分心理准备的老教授

却仍惊诧于这里景象的诡异

被污染的黄土

裹着鳞次栉比严重锈蚀的金属筒

夹杂着异样的气息

与不远处的壮美江桥

形成极度的反差和对比

望着这些毒剂筒上

依稀可见的"昭和某某年制造"的字样

匆匆赶来的日本专家只能报以沉默

而在中国防化兵心中升腾的却是仇恨的烈焰

他们知道

这一幕几年来曾在祖国的大江南北轮番上演

在严重后果尚未暴露之前

对方从未向我主动提供任何埋藏点资料

而待到遗祸已经无法遮掩的时候

仍不放弃哪怕是只有一线希望的争辩

历史老人也许难以理解

是什么样的心理驱使这些被迫乞降的入侵者

在溃退时的短短数天之内

竟然把几百万吨化学武器悄无声息地掩埋在

我国18个省市40多个地区

至今已造成几千人中毒伤亡

如果说这还可以解释为战败者的丧心病狂

那么半个世纪后

面对国内当年制造毒剂的大久野岛上

一些一息尚存受害者的如潮索赔怒吼

政府给每人每月发放十几万日元的补助金

意味深长的是

补偿却是以生活困难的名义

绝口不提毒气受害之事

至于遗毒继续祸害邻邦人民

他们更是装聋作哑百般推卸极力否认

更有甚者

有的执政者不仅不反思历史

反而一意孤行

71

乐此不疲朝拜供奉着战争狂人的靖国神社

战争带给邻邦人民巨大痛苦

也使侵略者蒙上历史的耻辱

只有放下虚伪抛弃妄尊

铭记前史把握今世

才能为恢复诚信形象赢得生机

踏上黄胡子山

老教授暗暗发誓

再不能让毒魔继续玷污祖国大好山河

再不能让故土继续承受侵略者的罪孽

更不能让九泉下的三十万含冤尸骨

继续蒙受法西斯遗毒的羞辱

他顾不上探亲访友

带领战友一头"扎"在作业场

清除毒害

净化国土

当第三万枚毒烟筒被挖掘出来时

老教授禁不住热泪盈眶

喃喃自语道

悬在故乡人民头上的定时炸弹

终于在我们手上排除了

告别了金陵故园

陈海平又马不停蹄地踏上当年从军求学的热土

用足以令东洋人折服的业绩

为东北父老献上最深情的反哺

2000年深秋的一天

地处黑龙江松嫩平原边缘的北安

媒体云集

猛将齐聚

带着世人前所未有的关注

一次由中日两国防化专家首度联袂作业的

大规模日本遗弃化学武器挖掘回收工作

就此拉开了帷幕

此前

经过长达类似8年抗战的曲折谈判

在不断被发现的累累历史铁证面前

遵循国际《禁止化学武器公约》

日本政府终于同我国正式签署了

销毁中国境内日本遗弃化学武器的备忘录

承诺为此提供一切必要的条件

这才有了55年后中日防化专家的同台博弈

这无疑是一场高科技领域的合作与竞技

更是中国军人又一次庄严的亮剑

位于居民区内的大量化学炮弹

随时都会意外爆炸

而与之相伴的数千件弹药

一旦被引爆

足以使所有在场者瞬时从人间完全蒸发

危机四伏的作业

曾使日本用重金雇来的西方专家望而却步

此番参与作业的"东洋武士"后裔

日夜不忘乞灵于从东京神庙请来的平安符

可沾染了历史污垢的符咒又岂能显露半点灵光

这里

分明要上演一场惊心动魄的世纪降魔之战

这里

只有甘愿为祖国舍弃一切的人

才会凛然步入的生死擂场

较量始于作业之前的技术谈判

战胜于庙堂

是东方军事哲学经典中的杰作

同样奉兵圣孙武为精神鼻祖的两国专家

在谈判桌上演了别具一格的精彩活剧

心平气和的磋商

寸步不让的争斗

文雅的谈吐

绝不是为了树立彬彬君子的形象

激烈的交锋

完全为的是各自国家的权益

为了确保挖掘作业的安全系数

风险评估不容许有半点差池

为了让施暴者的后人铭记侵略的代价

清理回收务须精准到锱铢必算

挖掘密集掺杂严重锈蚀的化学弹和普通弹

极易酿成波及全城的大规模殉爆惨剧

而过于精明的合作者

为了省下一笔巨额的安全开支

竟把心存侥幸当作谈判的依据

面对这种损人害己的敷衍塞责

老教授演绎了一幕幕

现代版的以子之矛攻子之盾的绝妙好戏

他从日本人编纂的《消防大全》中

找出了日本国内某次销毁旧毒剂弹时

发生大规模殉爆的案例

他根据日本人印制的90毫米迫击炮弹图纸

计算出该型号炮弹填装炸药的精确容积

他按照日本出版的《毒气战史料》中的记载

得出化学弹发生殉爆后毒剂云团的直径数据

…………

磋商谈判中

他乐呵呵地运用对方的"矛"

朝他们的"盾"信手一击

东洋人的狡黠

顿时化作了垂首汗颜

面对无可辩驳的严密论证

自视高明并摆足科技强国架子的谈判专家

为了不使自己成为全世界同行嘲笑的对象

一句"就按陈先生的意见办"

最后竟成为挂在他们嘴边

无可奈何却又是习以为常的口头禅

这是一种何其艰难漫长的历史回归

它不禁使人想起一千两百多年前

来自江苏扬州的大唐鉴真和尚

已是 66 岁高龄而且双目失明的他

经过六次东渡终于到达了扶桑

作为中国文明的传播者和日本律宗的创始者

他用自己的坚韧和厚博

将日本的唐学热推向了完美的痴狂

由他主持建造的唐招提寺至今巍然屹立

见证了我们这个一衣带水的岛国

是怎样吮吸着来自华夏大陆的乳汁

一步步走完了从小鱼儿到巨无霸的千年沧桑

然而

曾几何时

邻人谦卑的目光变作了鲸吞的贪婪

虔诚的弟子呈现出浪人的骄狂

曾几何时

他们以为凭借坚船利炮和武士道就可以

实现征服世界的梦想

曾几何时

他们以为腰缠万贯富甲一方就可以

冒天下大不韪拜鬼跳梁

曾几何时

他们以为科技发达就足以证明

自己才是智慧的化身

但是

昨日的美梦已成泡影

今天的梦想又何日能圆

围绕北安作业所进行的150余次双边技术谈判

使得一群以经济强国傲视一切的东洋学者

充分领略了面前这位防化宿将的厚博学识

参与谈判的我方青年外交家们

则骄傲地将陈海平称作

我们中国防化兵的形象大使

智者不乱　仁者无惧

随着挖掘工作的如期开始

一场多学科的综合比赛接踵而至

环境学、物理学、弹药学、气象学、军事化学

它需要的是

参与者非凡的睿智、严谨和毅力

本着严防错判万无一失的原则

老教授耳提面命亲授机宜

与战友们共同上演了一个又一个

铁将军把门的故事

难辨真伪

怎禁得住猛打穷追

深藏不露

怎逃得出天网恢恢

妄图蒙混

怎经得起据实详推

历史可以作证

被侵略者掩埋的一枚枚化学弹

终究无法隐藏侵略者的滔天罪恶

当它们成为罪证被发掘者一一取出

又包涵了发掘者的几多心血

当年面对视死如归舍生取义的

狼牙山五壮士和杨靖宇将军

就连一贯骄狂的敌酋也为之魂魄尽失

今天相逢目光如炬心细如发的

一支新中国降魔劲旅

原本高傲的东洋精英不得不伸出赞赏的拇指

陈海平和战友们深深懂得

他们全身心投入的

更是一场以仁爱和智勇为实力的全面竞争

我们和日本同行一道清算侵略者的罪行

不是为了向友邻人民复仇

而是为了彻底铲除战争的阴影

在参加联合作业的日本专家眼中

陈海平既是一位技术精湛令人敬畏的铁将军

又是一位勇于担当风险颇具仁者风范的楷模

异国专家的冷暖病痛

他记挂在胸

对方侦检仪器无法使用

他热心提供

联合挖掘突遭险情

他打虎先行

当历时半月的挖掘作业即将结束

日方主动提议

为了感谢中方真诚协助

分享首次联袂作业成果

由陈海平和日方专家共同抱起第3080枚炮弹

共同合影留念

这是一幅少了色彩干扰的黑白画面

分明的轮廓和明暗适宜的对比

或许能在人们的大脑留下更持久的印象

触发更深沉的感受

庆祝的理由似乎不多

纪念的意义无穷深远

一闻战鼓意气生　犹能为国平燕赵

从樱花之都飘来的《北国之春》旋律

带给人的感觉

似乎总是乍暖还寒

2003 年夏秋之交

国人刚刚送走"SARS"瘟神

又迎来了震惊中外的齐齐哈尔"八四"事件

面对施工中无意挖出的 5 个毒剂桶

因为没有显著外观标识

日方调查组矢口否认甚至冷语讥弹

妄图把责任推卸给苏联红军或国共内战

霎时国内外舆论一片哗然

一切有正义感的人们再次把希望的目光

投向中国防化专家

泰山绝顶屹苍松

岂畏浮云遮望眼

关键时刻

陈海平义无反顾挺身应战

孰是孰非

他要用铁的事实说话

经过对毒剂桶进行"零误差"的缜密鉴定

从埋藏时间、地点到毒剂形态和自然外观

毫发入微科学研判

成竹在胸的老教授

信步走进中日磋商会议室

侃侃而谈鞭辟入里掷地有声：

"这5个毒剂桶

其尺寸、形状、容积、重量等一系列外观参数

与国际公认的日军毒剂装置一致

其桶内毒剂成分、浓度

与日本政府已承认的在华遗弃毒剂桶一致

其埋藏时间、地点

与侵华日军当年军事部署一致

有目共睹的"一致"、"一致"、"一致"

何以断言认定证据不足?！"

一边是言之凿凿一语九鼎

一边是三缄其口鸦雀无声

在科学这个总裁判面前

日方代表再次相对无言

几天之后

日本政府首脑正式致歉

并支付用于经济补偿的3亿日元

受害者终于得到了些许安慰

罪恶再一次遭到了应有的宣判

数年之后

当得知《来自苦泪盈眶的大地》

这部由日本女导演海南友子自费拍摄的严正谴责

日军遗弃化学武器对中国人民所犯罪行的纪录影片

在日本各地频繁上映并引起巨大轰动的消息

老教授更加坚定了这样的信念

历史造成的劫波

终需后人携手度过

唯有双方的至诚合作

才能消弭世代累积的寒冰

春去秋来

八载寒暑

老教授步履匆匆

从白桦荫蔽的雪国到烟雨蒙蒙的江南

从流光溢彩的粤海到牛羊遍野的草原

哪里出现重大险情

哪里就会成为他和战友们的下一个人生驿站

万里转战驰神州

扎寨战地费运筹

累累遗毒铭国耻

耿耿丹心释民忧

豺虎蠢动时为祸

龙泉斩落作珍馐

誓拱吾华重崛起

不教魔影肆国门

满头华发的老教授

用中国防化兵的大爱和真诚

涤荡着军国主义的腐尸遗患

以陆放翁"横扫虏廷，雪我国耻"的慷慨气概

谱写了一曲精诚报国致力和平的生命礼赞

春江潮水连海平　海上明月共潮生

在我们生活的蓝色星球

是海洋

浮起了世间众生如火如荼的生命之舟

也为万类行止提供了广博的终极归宿

源于海

归于海

地球上演了多少次的生命轮回

任何一个高明的科学家都未必能够说得清楚

然而能够以大海为心的仁者

却似乎像黎明的星辰屈指可数

海不厌深

因而他们总是对自己提出精益求精的要求

有容乃大

因而他们总能展现出无所不包的泱泱气度

他们的头顶上未必有光华夺目的堂皇冠冕

他们的生平中似乎也没有过于显赫的履历

然而正是这些有着海样襟怀的仁者

用心灵回馈了养育自己的这颗蓝色星球

用行动提供了人类作为万物之灵的证据

陈海平教授便是他们中间的一员

在半个多世纪降服毒魔的征途上

参加了无数次的实毒训练

进行过数不清的防毒实验

一次次作业

几乎无时无刻不是在与毒魔亲密接触

一次次实验

几乎无时无刻不是在与死神接踵擦肩

执著

近于如痴如醉

为了破解化学武器的密码

他甚至毅然甩掉防护设备

悄悄以身试毒

面对危险和死神

他总是乐呵呵地说

"我喜欢与毒魔来回兜圈子"

为了提高部队遂行化学武器防护的作战效能

他孜孜以求苦心孤诣

带领战友创新发明出化学估算系列工具

由他主持研究的

日本遗弃化学武器回收工程技术的科技成果

直接指导了几十个地点的

日本遗弃化学武器安全回收作业

成功挖掘回收4万余件化学武器

彻底打破了西方化学武器专家

所谓"不可回收"的断言

从一名军校学子

成长为国家处理日本遗弃化学武器首席顾问

国际禁止化学武器公约组织"指称使用"专家

战友们都清楚地知道

他为此付出了怎样的代价

2004年发生的某潜艇失事事件

曾在各界引起极大震动

年近古稀的他再次临危受命

在凶险莫名变数丛生的关键时刻

作为事故原因调查组组长的他

主动请缨

第一个无畏踏进艇舱

沉着勘验冷静检测

以科学的数据辨明事故真凶

为上级正确处置事件提供了技术保证

在应对化学恐怖袭击维护国家安全

处理化学突发事故净化生态环境等多个领域

他长期默默奉献

出于为国家安全保密的特殊原因

许多科研成果不能参评申报奖励

虽屡建奇勋却只能作为无名英雄

本来早应得到的院士桂冠

两次都仅因几票之差而失之交臂

当众多有识之士

为此种"吞舟是漏"的选举结果扼腕叹息

老教授却舒卷如云淡然一笑

两次荣立二等功三次延长退休年龄

他始终波澜不惊

疾病缠身奔波劳瘁

他从来艰险不避

在仁者的眼中

奔腾的浪花并不能等同于大海的美丽

为万千生命缤纷成长提供广袤的舞台

才是海洋真正的风采

作为蜚声中外的专业技术少将

他似乎更偏爱教师的平凡称谓

业为人师

行为世范

清白如卷

泽惠芳芬

才是他真正引以自豪的业绩

只要人才辈出

再苦再累

无怨无憾

这就是他

半个世纪呕心沥血执教杏坛的肺腑之言

因为他深知

国防

就是拱卫美"玉"的城堡

长城毁则玉必失

国防建设关键在乎人才

人才建设关键在乎教育

人才教育关键在乎教师

帝王

一世之帝王

圣贤

百代之帝王

只有拥有大批柱国名师

万里长城才能坚如磐石

为此

他虽已步入古稀之年

仍然耕耘在三尺讲台

默默传承为师的神圣和师爱的伟大

他虽早已成为闻名遐迩的技术权威

却更乐于爱人以德成人之美为国荐贤

为了莘莘学子能够顺利考研申博

他竟把弟子们的半年授课任务全部承担

为了后来人早日成才后来居上

他在家中建起了公共资料室

将自己大半生积累的

近千万字的学术资料和研究成果无偿开放

对教书育人职业的不改痴情

换来的是芬芳遍野云霞满天

以"和平卫士"郁建兴烈士为代表的

众多优秀专家、知名学者、英模人物

和能文能武的各级指挥员

汇成了忠诚守望四海神州的璀璨繁星

他们对老教授都有着一个共同的评价

"您是我们心中最亮最亮的一盏明灯"

熟悉陈海平教授大半生传奇经历的人

常常会由他的名字

联想到唐代诗人张若虚的诗句

春江潮水连海平

海上明月共潮生

恐怕没有人能够想到

《春江花月夜》里的这些超然意境

曾深深触动抚慰过多少躁动不安的心灵

曾带给多少尘世过客纯美的梦境和希冀

师表的光辉

也正如诗人笔下江海上空的一轮皓月

令人仰望

予人梦想

映照心海

荡气回肠

2004 年 12 月 12 日

丹萱赤子同心吟

　　八十二年前，闻一多曾作《七子之歌》，以"励国人之奋兴"，如今，六子均已被泽母爱，然有一子仍沉迷于邪说，受挟于外夷，徘徊歧路，风雨飘摇。余承顺先生之遗志，沾染诗人之余忠，缘胸臆而作长歌，抒母之唤儿深情，发子之思母眷怀，寄望祖国，精诚所至，完璧一统，遗珠复归。

（一）

东海之上的珍珠孩子啊

我是对岸日思夜想你的母亲

离开了家的怀抱

你已飘泊得太久太久

偏隅泪涛汹涌的海峡

你好不孤苦伶仃

多少次我登高眺望

看见你沧桑的容颜

多少回我梦中笑醒

你扑到了我的膝前

母子偕飞的海燕啊

快带上我的牵挂远航

越过了千山万水

我看见了大海听到了涛声

可母亲想拥抱的远不止这万顷碧波,

而是你——台湾!

我魂牵梦绕的

是你三万五千八百平方公里赭红色的土地

是你美丽的日月潭

是你富饶的阿里山

是你繁荣的基隆港

是你哭泣的浊水涯

是你金黄的香蕉树

是你葱翠的甘蔗田

还有高山族的民谣

还有米糖茶的清香

(二)

啊,我魂牵梦绕的孩子

你可曾知道

六亿年前你是母亲身上的一块骨肉

我们同根同源

两亿年前隔着一片浅滩

我们脐带相连

三万年前自文明圣火照亮混沌与蒙昧以来

我们拥有一个共同的祖先

啊，我被魔鬼咒语蛊惑的孩子

你可曾记否

荷夷的野蛮蹂躏过你的身驱

法寇的贪婪蚕食过你的肢体

倭贼的凶残踩躏过你的精神

美帝的骄狂凌辱过你的灵魂

是谁用"一张牛皮"的谎言把你欺骗

又是谁用一纸条约的伪装把你霸占

"永不沉没的航母"使你沦落成危险的棋子

还有"生存空间"的叫嚣带给你无尽的苦难

这些赤裸的妖魔或戴着面具的鬼怪

有的肆无忌惮浪笑杀戮

有的花言巧语奴化欺骗

他们罪恶的黑手

沾满了你大把大把的鲜血

将一把达摩克利斯之剑高悬在你的头顶

归来吧，我苦难深重的孩子

让延平王马踏赤嵌楼的精忠带你回来

让靖海侯誓师澎湖湾的赤诚带你回来

让刘铭传炮轰望安屿的贞烈带你回来

归来吧，我思念太深的孩子

让母亲用家乡的清水濯洗你疲惫的双眼

让母亲用无言的大爱抚慰你漂泊的艰辛

让关东的大米和着江南的溪水在长安的方鼎里煮沸后滋养你

让五岳的风骨四海的气度掺着中华民族五千年的文明抚育你

归来吧，我牵挂已久的孩子

年年岁岁

母亲为了版图完整悲吟"四万万人齐下泪"

岁岁年年

母亲为了民族精神高唱"一生不着日寇履"

因为在炎黄子孙心中只装着一个愿望

誓不臣夷，统一中华

啊，我漂泊迷茫的游子

母亲遭受凌辱的历史已一去不返

半个世纪的风雨兼程

五十八年的励精图治

她已卓立于世界民族之林

恰如烈火中再生的凤凰

展现出举世惊艳的华美

如今神州大地万象更新繁花似锦

就连天上的月儿也更大更圆了

人间的母子何日才能够团圆

神州上空的滚滚春雷

已訇然洞开两岸对话的大门

无数无畏的踏浪健儿

悄然越过波涛汹涌的海峡

连宋访问，晤谈开新契机

党际对话，昭苏久寒冻土

民间交流，开启合作之门

节日包机

让母子拥抱的团聚之路更直更近

经贸往来

让两岸双赢的繁荣之路更顺更稳

度尽劫波兄弟在

相逢一笑泯恩仇

为了两岸福祉

和则双赢

斗则两害

同室相操戈，我哭豺狼笑

共谋统一业，同享华夏尊

同怀忧患肺腑，挥鲛泪而珠还

化干戈成玉帛，母之祈子之愿

归来吧，我的孩子

不要再让几百公里的路程踯躅半生

不要再让一衣带水的阻隔恶语相向

我们倍珍时之欣然拥抱

更惜今之艰难转圜契机

归来吧，我的孩子

那座用铜墙铁壁铸就的屋檐并非安乐窝

那张虚伪而华丽的保护伞岂能遮风挡雨

快回到母亲温馨港湾

我要将你紧紧地拥抱

归来吧，我的孩子

拥有儒雅风范与慈悲襟怀的母亲

额头写满了思念宽容等待

心中凝聚了过去现在未来

早已张开巨大的臂膀为你护航

（三）

母亲啊母亲

我是台湾岛啊

你最美丽的掌上明珠

浪花声声，我听见了你深情款款的呼唤

电波阵阵，我感受到你日新月异的巨变

母亲啊母亲

在那风暴肆虐群魔乱舞的荒诞年月

曾经的台湾

真理不知去向

黑暗替代光明

任人蹂躏成一段屈辱的历史

灵与肉的脱离终将我撕得支离破碎

我再也抑制不住体内无边奔涌的力量了

我狂怒、我咆哮、我挣扎，我等待

于无助的梦中苦苦找寻依托

母亲啊母亲

当初你为何舍我九重霄

又使我堕入万劫不复的九地阴曹

若我不身陷那不见半点天的无底深渊

我的心灵之舟怎会找不到停泊的金锚

若我吮够了你的乳汁

我也不会懦弱得任人宰割

只是孩儿懂得母亲的艰难

和兄弟姐妹们的流离辛酸

虽受制于外人

可孩儿的归心从未曾改变

咫尺之遥虽不能晨昏侍奉

然慈颜依稀孩儿却夜夜缠绕

历史曲行，孩儿的乡音未改

时代变迁，孩儿的痴心不变

即便山河破碎风雨如磐

纵使强敌颐指气使巧语花言

优秀儿女代代慨然奋起

为山河重光金瓯完整而死生度外奔走呼告

忠肝毕呈，热血尽抛

即便国共分离积怨重深

太液草山隔空舌战

仍有爱国之心灵犀一点

相协"一中"

丝缕万端

金马轰鸣

生气赖以相通

海峡借道

南沙相庆复还

绝不容忍任何分离骨肉的悖行狂颠

母亲啊母亲

艰难岁月孩儿尚且心向祖国

如今你已今非昔比

两岸拥抱更是儿之所向

母子相近我们至爱至亲

两岸学子同室习课

商贾游人共聚一堂

透过长江的血脉

透过昆仑的脊梁

透过长城的筋骨

以及那大漠孤烟直长河落日圆的美景

兵马俑的雄性嘶喊和舞袖飞天的倩影

我看到了母亲开阔的胸襟

笑谈的气度，拥抱的雅量

我感受到母亲的泱泱风韵

我体觉到母亲的昌达诚心

旧弊得以革除，新政惠利台湾

母亲正用最有利于孩子的方式迎接我

我听到了母亲带儿回家的坚毅而果决的声音

我觉得到母亲唤儿回家的善心与诚意

母亲啊母亲

我也是黄帝的神明后裔

我也是九曲黄河的子孙

在我胸中还顺承着华夏的根

我也是你身上掉下的骨肉

和香港澳门威海卫情同手足

与旅顺大连广州湾血浓于水

兄弟姐妹都已回家

难道只有我台湾愿意浪迹天涯

母亲啊母亲

离开了你的襁褓

我已漂泊得太久太久

你要带我回家

给我一瓢乡愁般滋味的长江水

让我当美酒一样狂醉

给我一枝乡土般芬芳的腊梅香

让我当瑰宝一样珍藏

母亲啊母亲

你听，"葬我于高山之上兮，望我故乡；

故乡不可见兮，永不能忘！

葬我于高山之上兮，望我大陆；

大陆不可见兮，只有恸哭！"

这是谁的悲吟

是那些弥留之际的乡思旅魂

还是故国的心

母亲啊母亲

你看，浊水溪是孩子哭浑的泪水

日月潭是孩子明净的期盼

我已被人掳走太远太远

母亲啊母亲

沧海那边是思念

群山对面是故园

九曲黄河流淌着九曲缠绵

一湾碧波荡漾着一湾眷恋

母亲啊母亲

宝岛虽然富庶

但黄金并不能打造精神的名片

海峡的天空太低

常令人感到窒息

快带我回到渴望已久的家园

快带我飞奔向你宽广的怀抱

我要和你一起重写我今生的歌谣

（四）

丹萱赤子同心吟

骨肉情牵两依依

看今日之中华

时运两开，势存双向

晦暗光明，各见端倪

虽则前路正呈现欣然瑞兆

但事仍经纬万端，瞬息可变

历史关口

双方要洞悉全局

把握契机

依时顺势

共推统一伟业

如是

则两岸所祈共同愿景时日可待

七子同归之先哲预言信非虚语

中华民族卓立于世的先驱梦想

必将在母子团圆的一刻

瓜熟蒂落好梦成真

石廪頌

立體鑄高山之國山
神妙大地上
也許普天缺少山的形象
在多古崇尚尚武的
詩詞國度裏
中華並不缺少攀的詩行
然而
當我們面對這樣一座
酷似修廪的山峰
以及石廪山一群用忠誠
和智慧書寫仁者
真心英雄
我們又怎能不任憑
心頭激出峰淵涌動
由衷敲出對於石廪的
深情贊頌

鷹歸來

你
原來先者是草原的盟主
你
時綠江畔運輝作
不僅僅是一首
金寧鄭印完塞軍
戰神
你
原來是浩瀚大海寵兒
你
原來是書傲雪山的情侶
可你
完竟又是為了何故
最終選擇了遠山獅水
遠片苦不饒的土地
雖然已是為了見證
全國皇帝清朝太后
在此角當下群戰印讀

神廪試翼

五十四歲落山
那個風雪修子
陪綠江畔運輝作
不僅僅催生了一首
金寧鄭印完塞軍
戰神
山催生了民軍隊
一個個日夜
踩著冰凍淚滑的戰場
訓新行進試題點
連連稱梿中
化學兵學校
開始了一次跨越
此举個中國的速征

石鹰^①颂

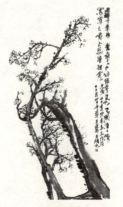

　　甲申岁末，余因防化学院党代盛会，忆往思今，与游京录同志联句吟成散文体长诗《石鹰颂》，不及期年，又逢学院重五之庆，特嘱军旅青年书法家彭江作书法长卷，以为由衷敬贺。

乙酉冬月

在号称"万山之国"的神州大地上

也许并不缺少山的形象

在自古崇勇尚武的诗词国度里

也许并不缺少鹰的诗行

然而，当我们面对这样一座酷似雄鹰的山峰

以及石鹰山下一群用忠诚和智慧书写人生的真心英雄

我们又怎能不任凭心头的春潮涌动

由衷发出对于石鹰的深情赞颂

鹰兮归来

你，原本是千里草原的盟主

你，原本是万里苍穹的骄女

你，原本是浩瀚大海的宠儿

你，原本是高傲雪山的情侣

可你，究竟又是为了何故

最终选择了燕山脚下这片并不富饶的土地

难道只是为了见证

金国皇帝、清朝太后在此匆匆留下的斑驳印迹

难道只是为了见证

唐代刘蕡的冒死上书、明代戚继光的浴血杀敌

或是詹天佑主持修成京张铁路的神来之笔

不

这些惊天动地的往事

虽足以发人深思

却终究只是陈迹

只有半个多世纪前的那次历史抉择

才将这里变成了孕育和汇聚英雄的宝地

神鹰试翼

五十四年前的那个风雪隆冬

鸭绿江畔的连天烽火

不仅催生了一首气宇轩昂的志愿军战歌

也催生了人民军队一个新的兵种

几个月后

踩着抗美援朝战场凯歌行进的鼓点

还在襁褓中的化学兵学校

开始了一次跨越大半个中国的远征

从天府之国的巴山蜀水

移师到京郊的万里长城

一支光荣的降魔劲旅

就这样在石鹰山下

开始了展翅腾飞

创业的艰辛后人简直难以置信

首批防化学子的校舍

竟零星散落在方圆百里的十四个村落

石鹰山下的亘古荒滩

更是贫瘠到连庄稼都不长一棵

然而这里却不乏人才的靓色

西点军校的专才②、剑桥大学的博士③

还有燕京大学培育出的校长④……

上下同心，八音克谐；

知难而进，锲而不舍

辛勤耕耘换来的是

桃李遍军营、栋梁奏凯歌

从东南海疆的登岛抢滩到西北大漠的原子试验

从雪域边陲的短兵相接到热带丛林的沉着应战

防化健儿用自己的神勇

铸就了兵种的荣誉、国门的威严

关山寥廓

当笼罩大地的冰雪乌云
再次随着改革的春风如烟散尽
化院也终于结束了先前的飘泊与彷徨
当化院人重新聚首在石鹰山下
他们也就开启了学院发展新的篇章
曾几何时，和平与发展的潮流
席卷了我们置身的蓝色星球
曾几何时，中国迅速崛起的形象
聚焦了形形色色关注的目光
曾几何时，海湾上空的滚滚硝烟
使举国上下都能感到科技强军任务的紧迫
曾几何时，恐怖袭击的魑魅魍魉
使整个世界都因为一种无色气体
核子辐射和白色粉末陷入惊恐
致力世界和平，促进共同发展
捍卫国家主权，保障人民幸福
新时期中国防化兵
肩负着时代赋予的千钧之重
当钟玉征这位年过花甲的中国女军人

首度率团参赛便荣登日内瓦国际联试榜首

在一片此起彼伏的喝彩声中

中国防化兵第一次向世界展示了自己的"维和"实力

当郁建兴这位年仅38岁的中国军人

在战云密布的巴格达

为了世界和平献出了自己宝贵的生命

联合国秘书长给予的"忠于职守、深受赞誉"八字盖棺定论

有力昭示了中国军人维护和平的真诚

当陈海平这位年逾古稀的防化专家

凭借自己在处理遗弃化武方面的敬业精神和高超技术

令东洋人为之折服

国人心中的世代伤痛也因此得到慰藉……

在这里

涌现的全国绿化劳模刘克忠、全军学习成才标兵刘平

以及抗击"非典"斗争的璀璨群星

一次次把人们的视线吸引到石鹰山下

核化救援、应急作战、生化反恐

在一个个关乎国运民生的斗争前沿

都活跃着化院人高歌奋进的身影

新的战线

正在创造新的辉煌

新的辉煌

正在孕育新的梦想

英雄的业绩

正在为脚下这片热土不断注入新的生机

英雄的精神

正在将石鹰陶铸成一只展翅高飞的鲲鹏

鲲鹏之梦

回眸凝望这座默默伫立的石鹰

它有鲸的伟岸

也有鹰的张扬

它有凤的灵秀

也有龙的神光

你看它

神色庄严

气势恢宏

仿佛时刻都在铭记着搏击云天的使命

你看它

脚踏实地

目光炯炯

何曾对自身的疏失和瑕疵有过半点的宽容

你看它

上下契合

左右相拥

巨石之间错落有致和谐无争共铸风景

严格求实

团结进取

这不正是化雀为鹏的深层奥秘

这不正是石鹰精神的全部涵义

我们

作为一点九五平方公里绿色校园的主人公

该将以什么样的精神状态

来回报日夜呵护我们的神鹰

并以此作为自己对石鹰精神的

最好赞颂

【注释】

①此处特指石鹰头，位于中国人民解放军防化指挥工程学院南端的一座状如鹰首的奇异山峰。它由数十块硕大无比的巨石天然堆积而成，其外形既似巨人翘首远眺，又如雄鹰回眸凝望，清初即被列为"燕平八景"之一。此山峰与其身后西南诸峰气脉相连，层峦相望，绵延二十余里，原名驻跸山，据明代刘侗所著《帝京景物略》记载，八百多年前的金国章宗皇帝完颜璟曾多次来这里游赏狩猎，并在此御笔亲书"驻跸"二字。金章宗以精通汉学和提倡学习中原文化而著称，《金史》称：其在位19年，"成一代治规"，"宇内小康"。1900年，八国联军攻入北京，慈禧太后携光绪皇帝和部分宗室臣工从西直门仓皇出逃，夜宿驻跸山东南羊坊西贯市清真寺，史载慈禧当时的心情"惭愤交加"。遂有后来下《罪己诏》和颁布《新政上谕》之举。羊坊也因此被赐改名阳坊。1926年时任直鲁联军司令的潘鸿钧曾在山岩上题刻巨幅楷书"灵秀独钟"。1951年9月学院的前身化学兵学校由四川江津移至此山下，首任校长张殊更根据其外观将其命名为"石鹰头"。半个多世纪以来，石鹰头见证了防化指挥工程学院成长演进的辉煌历程，哺育出了以钟玉征、毛用泽、陈冀胜、郁建兴、陈海平、刘平为代表的在国内外享有盛誉的大批防化精英。长期以来，它已被视为中国防化兵的神圣象征。以"严格求实、团结进取"为基本内涵的"石鹰"精神已成为激励学院乃至整个防化兵种不断实现新跨越的宝贵精神财富。1985年10月，昌平县人民政府在此山北麓立"天峰拔翠"石碑，正式将其列为县级文物保护单位。

②汪逢栗：1933年毕业于美国西点军校，曾任国民党兵工署化学兵司少将司长，在解放战争后期，曾成功劝阻蒋介石在淮海战场对我解放军使用化学武器。后加入人民军队，曾任解放军二野军政大学训练部化学兵科主任，化学兵学校训练部防化教育系副主任，防化研究院技术资料室主任、副研究员等职。

③黄新民：20世纪40年代毕业于英国剑桥大学，获博士学位。1949年新中国成立后不久回到祖国，任教育部留学生处处长。1952年得到周恩来总理的亲自首肯，到化学兵学校任训练部化学系主任。曾历任防化研究所副所长、防化研究院技术部副部长、中国

环境科学研究院副院长等职。1964年当选为第三届全国人大代表。

　　④张廷更：1937年毕业于燕京大学化学系，随后参加八路军。战争年代长期从事军队政治工作。解放后曾任师政委、兵团政治部秘书长。1951年春，出任化学兵学校首任校长。后长期担任防化兵种的主要领导，为我军防化兵的创建和发展，作出了卓越贡献。曾当选为第三届全国人大代表、第六届全国政协委员。

老师，我想对你说……

明天

我就要上前线了

老师

我想对你说声珍重再见

我会在硝烟弥漫的战场

默默地祝福你幸福平安

岁月如歌

恩师如山

记得

当我们一群顽皮稚童

第一次背上书包走进学堂

你像一位和蔼可亲的长辈

幽默地提问道

"今儿是什么日子？"

同学们面面相觑

你乐呵呵地说

"今天是为小皇帝们加冕的大喜之日！"

刹那间

我觉得你就像

轻拂面颊的一缕春风

滋润心田的一滴甘露

暖意融融的一束阳光

洁静无瑕的一片雪花

从此

我将你的名字刻在了心间

课堂上的你

侃侃而谈

声如铜鸣佩玉

字字珠玑

透润四时岚翠湿

日复一日

你总是妙语连珠

融古今于胸怀

月复一月

你总是长伴孤灯

开启智慧之门

年复一年

你总是至人无己

俯首甘为孺子牛

是你，循循善诱
把我们领进科学的王国
是你，谆谆教诲
将我们带入知识的殿堂
是你，丝丝入扣
将我们推向文明的颠峰

在你额头的细密皱纹里
分明镌刻着永恒的格言
业为人师，行为世范；
在你日渐背驮的身影中
分明书写着无言的大爱
清白如卷，泽惠芳芬
世人都说你是绿叶
我看你更像梅兰竹菊
品格高洁，气味幽香
节操坚贞，淡泊清华

在我们尘封的记忆里
你总是默默无闻付出
捧着一颗心来
不带半棵草去
心随流水去

116

身与白云闲

斯是陋室吾德馨

鸿儒谈笑乐优悠

囊中羞涩不移志

腹中贮书过万卷

无名无利不怅惘

心轻万事皆鸿毛

加官晋爵不企及

淡泊明志修身性

门可罗雀不失落

一梦千年不觉晓

这是缘于你有一颗平凡的心态

因为知道自己已从社会获得了足够而感到满足

因为感受自己富足了也明白知足是最大的富有

诲人不倦的老师

是你给予了我们博学和睿智

不辞劳累的园丁

是你赋予了我们爱心和热血

传播文明的使者

是你赠予了我们精神和力量

你是蜡炬，燃尽自己，照亮别人

你是春蚕，吐尽芳丝，期待来世

你是石子，默默铺路，方便行者
你是灯塔，熠熠放光，指引航向
永远忘不了啊
那堂历史课的提问
我只答对了"四大发明"其中的三道
是你
让我在大雪地里直直默默背诵一小时
永远忘不了啊
那堂语文课的朗诵
屈原《国殇》之礼赞只知首句忘了尾
是你
逼我在稿纸上工工整整书写了一百遍
永远忘不了啊
比赛英语九百句时落了榜
是你
笑呵呵地说"下次冠军非你莫属！"

帝王
一世之帝王
圣贤
百代之帝王
祖述尧舜
宪章文武

仪范百王

师表万世

刻在有字无字石碑上的名字未必永垂千古

记在我们心灵上的师长之名必定恒久长存

江河流向浩瀚的大海

曙光带来明媚的清晨

太多太多的赞美，都不能表达我对您的崇敬

再多再多的比喻，都不能表达我对您的挚爱

天地间人为大

乾坤里师最尊

当这个社会几乎已经遗忘了感恩时

我们是否能记住哺育我们成长的人

树高千尺不忘根

人行万里莫忘本

古有"一日为师，终身为父"的朴素理念

今有"感念师恩、回报师恩"的崭新风尚

学春蚕吐丝丝丝不尽

做蜡烛照路路路光明

明天

我就要上前线了

老师

我将郑燮题书斋联赠予你

这分明就是你的形象化身

一竹一石一兰

有节有骨有香

军号已吹响

部队要出发

老师

我想对你说声珍重再见

待到凯旋之日

我要为你献上一盆老山君子兰

再用子弹壳精心制作一根拐杖

深深地祝福你啊

直视苍天傲暑寒

到朽身残节不残

献给歌唱艺术家李光羲

您，踏着歌声而来
将美妙的旋律奉献给如歌的年代

您，捧着红心走过
让世界瞩目于新中国的风采

您，经历了太多的艰辛
因而任何风雨都无法动摇您对美的追寻

您，深深懂得音符的力量
所以您更愿意将美与人分享

您，不会停歇向上攀登的步伐
因为您只将成就和荣耀视为过去

您，拥有永远的血脉
因为您的心始终和青年连在一起

2002 年 6 月 14 日

121

予嚴挺干伐
無敵刃目
權洪披何
毛道砥桓
簪國巾旁
山懷風骨
赴海永襟
絅雲間中
浩哲警浮身
脆長鯨錦
帆邀星漢
延城蜀豪
莫燕蓥勛
炳曜金甌有
干城

鄉文科先生佳什正筆
辛卯鳳游居右而書

第二编

秦风唐韵故园情

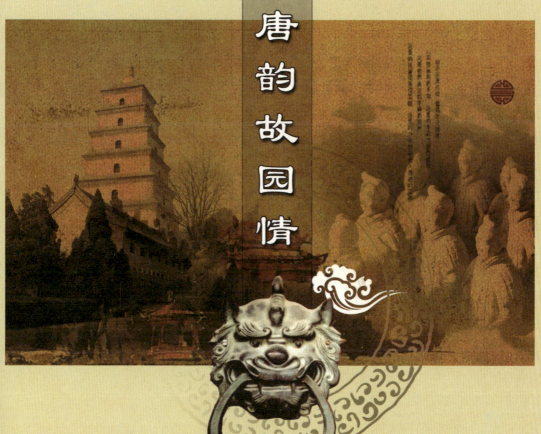

秦陇怀古题赠桑梓将军

横戈雍凉①伫极峰

六骏飒爽翊昭陵

筹运陇原②驱流马

泥封函谷③枕临潼

汾阳④身扶唐社稷

醴泉⑤泽浇汉家营

国手三执天山箭⑥

安邦亿兆瞩云旌

2005 年 8 月 1 日

【注释】

①雍凉：古地名，范围包括今天的陕西、甘肃、青海和内蒙古部分地区。极峰：最高峰。

②陇原：此处专指甘肃东部的五丈原。诸葛亮当年在此指挥征伐曹魏，与司马懿长期对峙。流马：诸葛亮伐魏时发明的一种运载工具。

③泥封函谷：《后汉书》有"以一丸泥东封函谷关"之说。意指子午关、潼关、临潼等地势险要，是易守难攻的军事要塞。

④汾阳：此处代指唐朝名将郭子仪。他一身系天下安危二十年，因在平定"安史之乱"和卫疆中功勋卓著，被册封为汾阳王，担任中书令（即宰相）一职二十四年。逝世后陪葬建陵（唐肃宗李亨之墓），谥号"忠武"。

⑤醴泉：即礼泉。汉宣帝时在该地曾建行宫，建成后有一股甘泉涌出，故名醴泉宫。隋代因宫名县。后因"醴"字生僻，改为礼泉县。

⑥三执天山箭：指唐朝薛仁贵"三箭定天山"的故事。薛仁贵曾率部与九姓铁勒战于天山地区，连发三箭，射杀三人，敌军为之降服。当时有军歌称颂："将军三箭定天山，壮士长歌入汉关"。

仲夏回故里有感

汉唐流嘉韵

百世复肇兴

延水萦天际

锦帆指霞虹

安邦本素志

戎马抱寸诚

未忘旨泉润

戮力金瓯同

2004 年 7 月 30 日

猛士执戈奉玉帛

128

观女皇无字碑

有无字书收眼底

高下人品见躬行

千古一帝是与非

万世民心辨泾渭

淼淼载舟亦覆舟

芸芸众生主沉浮

九州诔颂成林立

活在人心即永生

2004 年 1 月 2 日

129

咏"法门寺"紫砂茗壶

（其一）

肤施①之尊

扶风以正

天华齐州②

方壶③怡性

（其二）

仰天沐宗风

跼地葆性灵

德馨十三泰

道蕴五湖茗

2007年8月18日

猛士执戈奉玉帛

130

【注释】

① "肤施"，意指延安宝塔。

② "齐州"，本指中国，这里特指山东。

③ "方壶"，是道教故事中海上三山之一，是神仙聚居的飘缈之处。《史记·封禅书》中有"威宣燕昭使人入海求蓬莱、方壶、瀛洲"，八仙过海即是求访三山。

感事诗二首

其一

  2004年初冬，在参观美国国会图书馆时，意外发现三座馆舍之一的约翰·亚当斯大楼大门上，镶嵌着12位对世界文字有影响的各国传说人物，华夏原始象形文字的创造者、轩辕黄帝左史官——仓颉的名字位列其中，他与赫耳墨斯(希腊神话中为众神传信并掌管商业、道路、科学、发明、口才、幸运等的神)、欧丁(创造了古代北欧文字的北欧神话中的欧丁神)、奥戈马(发明了盖尔语文字的爱尔兰神)、伊特扎马(玛雅人的神)、羽蛇神(古代墨西哥阿兹特克人与托尔特克人崇奉的重要神祇)、瑟廓亚(美洲印地安人)、透特(埃及神话中的月神)、纳布(美索不达米亚阿卡德人的神)、梵天(印度教三大神之一创造之神)、腓尼基王子卡德摩斯(希腊神话中能够"播种龙牙"的神)以及古代波斯人的英雄塔赫穆拉斯并列镶嵌在这座大楼的铜制大门上，栩栩如生的雕像均为李·劳力的作品。仓颉(TS'ANG CHIE)的雕像在东侧大铜门上(左扇门第二个)。国会图书馆将仓颉概括为"中国文学的庇护神"(the Chinese patron of writing)。显然，这种评价比我们所认为的仓颉是造字圣人更高了一步。作为炎黄子孙，倍感自豪——

    域外瞻望仓颉[①]像

    双瞳四目[②]气轩昂

结绳创制鸟迹书

粟雨鬼哭开曙光

启篆奇勋千古颂

诸神环拱五洲仰

归功一圣凭臆说

聚沙成塔屹煌煌

【注释】

①仓颉，原姓侯冈，名颉，号史皇氏，陕西省白水县阳武村人，享年110岁，中国原始社会后期部落联盟首领黄帝的左史官，原始象形文字的创造者。关于仓颉造字，在民间流传着许多动人的传说。远古时候，蒙昧未开，人们都用结绳的办法记事。由于结绳形状奇异，年久月深难以辨识，有一次，仓颉用此方法给黄帝提供的史实出了差错，致使黄帝在和炎帝的边境谈判中失利。事后，仓颉愧而辞官，云游天下，遍访录史记事的好办法。三年后他回到故乡，独居深沟"观奎星圜曲之式，察鸟兽蹄爪之迹"，首创出了代表世间万物的各种符号，即"鸟迹书"，从而一举震惊尘寰，被尊称为人文始祖。黄帝感他功绩过人，乃赐以"仓"姓，意为君上一人，人下一君。由于仓颉造字功德感天，玉皇大帝便赐给人间一场谷子雨，以慰劳圣功。仓颉去世后，当地百姓为纪念这位在汉字创造的过程中起了重要作用、为中华民族的繁衍和昌盛作出不朽功绩的先圣，在其墓葬处修有庙宇，并将阳武村名改为"史官村"。

②双瞳四目，传说仓颉生有"双瞳四目"。目有重瞳者，中国史书上记载只有虞舜、仓颉、项羽三个人。虞舜是禅让的圣人，仓颉是文圣人，项羽则是武圣人。

其二

　　2003年元月19日，欣闻宝鸡眉县马家镇杨家村五位村民在取土时发现27件窖藏西周青铜器，青铜器组合完整，礼器、酒器、水器、食器齐备；形体硕大，造型精美，纹饰繁缛；铭文字体古朴清晰，总数达4000多个，其中来盘共有铭文372字，详细记述了单氏家族八代人辅佐周王室十二代王，因功受册封赏赐等史实，是新中国成立以来出土的青铜器铭文最长的一件。该批青铜器面世后，夏商周断代工程首席专家李学勤先生以"震撼"二字来形容此发现，誉其为"21世纪第一次重大考古发现"。

　　　　　　　　　　文厚来盘惊世
　　　　　　　　　　科造千年之迷
　　　　　　　　　　道劲古朴铭文
　　　　　　　　　　佐证断代工程
　　　　　　　　　　国宝价值连城
　　　　　　　　　　更叹凡夫品贵

猛士执戈奉玉帛

曲江即景

——乙酉国庆参观西安"大唐芙蓉园"有感

秦风唐韵芙蓉园

美奂美轮境似仙

梦回贞观全盛日

曲江画舫更斑斓

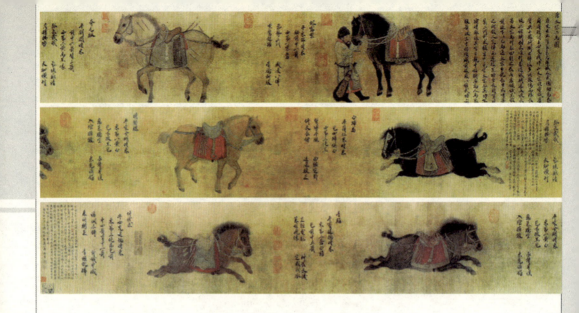

观昭陵六骏

　　马年新春，去昭陵博物馆参观，驻足"昭陵六骏"浮雕石刻像前，凝神观察，那或动或静、刀法洗炼、神态迥异、形象逼真的雕像，虽说历经千年风雨剥蚀，"青骓"、"什伐赤"、"特勒骠"、"飒露紫"、"拳毛䯄"和"白蹄乌"六"神骏"各细部已模糊不清，但仍隐约可见二十余处中箭部位。

狂飙奔突骋疆场

振鬣嘶鸣浩气长

羽箭如蝗神若定

云旌奏凯遍体伤

六龙无语忠骨在

九夏隆兴青史扬

韩公莫嫌伯乐少

石上英姿励轩昂

狂飆弄突騖
疆場振鬣嘶
鳴浩氣壯羽
箭如艟神若
定雷旌奏凱
遍體傷六龍
瑟語忠骨左
九更隆興青
史揚韓公冀
爐柏樂作石
上奚姿勵軒
昂

文祥忠烈海……

丙戌之年夏月書言……

寄语友人赴任水利部门领导

古圣大禹治洪患

三过家门人未还

天降大任理泾渭

未敢忘危负岁年

九州禹迹示薪传

治水利民日月悬

呕心沥血万民颂

功存河洛树心區

2006 年 8 月 30 日

猛士执戈奉玉帛

138

七律　成人寄语

戎儿：

往日，爸爸妈妈总盼望你长大，宝贝就是长不大；收到清华附中团委征集
"成人寄语"的函告，突然间觉得你长大了，长高了，长帅了，有了健康，有了
知识，有了理想。十八岁，摆脱了天真烂漫，走进青春的行列；十八岁，告别
了傍人篱壁，求索独立的人格；十八岁，抛弃了刚愎自用，担当庄严的责任……

在你步入十八岁成人之际，爸爸妈妈愿以此诗与你共勉。

豪气如虹腾云海
滔滔江水屹奇峰
胸怀戎志耻纨绔
路有前程待英雄
学而不厌基深厚
粒功寸勋铸愚公
位卑心贵揣正义
家国天下期良能
身逢盛世和谐日
奋发青史永留名

爸爸　妈妈

2008 年 3 月 31 日

豪氣如虹騰雲海濤
濤江水屹立峰胸懷
戎志耻孤裸勁有前
程持英雄學而不厭
基深厚耘幼寸勛傳
愚公位卑心聲橋戸
義家國天下期良能
身達盛世和諧日奮
叢雲史永留名

録馬先生詩未完一首
長弓雷新民書

椿庭慈嘱

2008 年 4 月 28 日凌晨，一生勤劳耕作的父亲因多脏器衰竭不幸仙逝，享年八十五岁。临终前，他老人家安详地躺在病榻上，深情地望着我们姐弟六人，一字一顿颤微微地说道：勿忘本，勿忘根，勿忘国，勿忘家……

季春失怙恸秦筝
耳际犹萦慈嘱声
勿忘贫寒立根本
身负忧患奋峥嵘
思报深恩戴天地
矢志家国效精忠
椿庭箴言铭肺腑
子孙永葆绍宗风

戊子春哀撰

故土哲韵

　　站在西岳华山之巅，俯瞰三秦山川原野，就像与一位睿智的圣哲对话，沉默的大地吐纳出永恒的哲思，岁月的流转孕育出悠长的风韵……

古今一统

千年前悠扬的唐代乐舞

今天依然回响在长安城

行走在这座古堡里的现代人

携着周秦的文化底蕴

品着汉唐风味的佳肴

听着明清的暮鼓晨钟

氤氲着咿咿呀呀的秦腔调式

在现代文明中穿行

古与今

一首和谐的乐章

悠久的历史弹奏出沉雄的格律

今与古

一幅斑驳的画面

时代的气息赋予它华彩的音符

静与动，暗与明

浊与清，阴与阳

共同融汇于这片容量恢宏的三秦大地

就像穿着黑布衣裹着白头巾的牧羊人

一下子让人辨识出黑白分明的界线

真正的世界

因对立统一而愈加美丽

中西交融

文明

是中国的也是世界的

从长安出发

玄奘西渡那烂陀

让佛教文化始兴东方

从长安出发

丝绸之路通欧亚

华夏文明远播异域

中与西

拥有同一片蓝天大地

西与中

拥有同一轮红日明月

当安塞剪纸、户县农民画

长安古乐、凤翔彩绘泥塑

精彩纷呈亮相于世界舞台

当川流不息的参观团

接踵摩肩的旅游者

在兵马俑津津有味赞赏秦朝人的智慧

在黄昏的西安古城墙留下美丽的剪影

这一切

不正是中西文化水乳交融的大写意吗

泾渭分明

泾水清　纯然冰雪剔透

渭水浊　浑然泥沙俱下

奔腾汇合却不同流

轰然共道却不受染

清者自清

浊者仍浊

内在的品质

明辨的界限

和无妨异

异不苟同

并行不悖

不相为谋亦不相为害

君子的风骨气度

借此乃见

有无相生

好像是"秋风生渭水，落叶满长安"

又恰如"山河连楚塞，宫殿入青云"

曾经的熙熙攘攘都化成寂寥青烟

是存在是消亡

有为有限之有

无是无限之无

有与无

其实始终不曾分离

无字碑写满了一代女皇道也道不尽的酸甜苦辣

古渡边凝结了千年长安记也记不清的沧桑辉煌

有与无

其实一切都未曾褪去

故土的一山一水、一楼一阁

是用时光与智慧的双重雕刻

历史像是一个不作声气的老者

因为经历了太多所以他缄默了

但沉默不代表消亡

精神还在行走

依然没有褪色的是历史的血脉

喷薄欲出的必定是文化的底蕴

盛衰相对

西安的城墙

一座古代城垣建筑

万千家似围棋局

十二街如种菜畦

是辉煌的象征

还是固步自封

曾经的盛世王朝

今天的等待开发

有人说"关中"就是"关在其中"

有人说"城墙文化"束缚了开放的思维

泱泱十三朝足以让长安骄傲

扶贫开发城又让西安感觉荒凉

盛与衰

是社会发展规律

也是自然的轮回

从陵夷到繁盛

只是历史的长河一瞬间

盛是衰的开始

衰是盛的起飞

大小相应

大雁塔　小雁塔

是长安的谐音也是生命的咏叹调

大因小的衬托而宏伟

小因大的对应而灵秀

大雁塔　小雁塔

是佛法的容量也人心的容量

大可包罗万象，容忍难容之事

小可凝于方寸，力排奸佞小人

大与小

变幻的是多变的世界

演绎的是辩证的关系

大与小

相对的世界

成就了世界

景物中有了大小相依才启迪更多哲思

生命里有了大小和谐才容纳更多精彩

阴阳为道

东有秦代始皇帝

西有无偶女帝王

神奇的八百里秦川大地

孕育出了多少哲学命题

阴与阳

天地之常道

万物之恒基

调和万物之秩序

顺畅宇宙之机理

万物负阴而抱阳

人类文明

因阴阳和谐方得以延续

世界美丽

因阴阳和谐方始有化境

阴与阳

道之根本

法之原神

和谐共处以应天地

欣然媾合以生万物

难易相成

华山古道从来奇险绝

世人攀登自古路一条

遥想昔日在解放生命的紧要关头

唯独人民军队可以独辟制胜之路

难与易

从心变

难事遇坚心而变易

易事因薄志而变难

难者，为之亦易

易者，不为亦难

天下之事

必作与易

非常之功

必克于难

天人合一

当年

老子骑青牛而来

背后留下"天人合一"的不朽经典

张载授业于关中

身后传诵"民胞物与"的千古箴言

唯有以天地为父母

以宇宙为家园

以大众为兄弟

以万物为伙伴的大境界

才能在人心中留驻

对自然的尊崇

对同类的谦恭

对使命的认同

秉天地之灵

传圣哲薪火

和谐一统

进出相踵

西安的城门

雄风载道

夕照凝晖

城里的人川流而出

墙外的人轰然而进

进与出

实现了门的意义

也繁盛了城的生命

进出本无界

人生永远也不会绝对地走出或走进

只是从一个门跨进了另一个门而已

显隐相异

深藏地下千年的秦始皇兵马俑

显世后被誉为世界第八大奇迹

沉默时并未消退连城的价值

喧哗时难掩如山白骨的阴影

岁月时显时隐

历史轮回变更

显出的不一定是优秀

隐没的不一定是低劣

独钓渭水滨

拔剑起蒿莱

勒功名于金石

放白鹿于青崖

江湖与庙堂

阴晴与圆缺

遮不住的是

烟云背后的纯真

酸甜相辅

猜不透临潼石榴的心

红似玛瑙

白若水晶

粒粒相连

酸甜相辅

有人说只酸不甜没胃口

有人说只甜不酸太腻人

世间味道

酸中带甜、甜中带酸才会回味无穷

真实生命

苦中有乐、乐中有苦才能大放异彩

第三编

弦柱笳鼓颂新声

国际核查专家郁建兴烈士

长 城 之 恋

1= b A · G4/4

京录 文科 词
佑 贵 曲

回忆地：

5 5 3 2 2 7 7 6 0 | 3 5 6 5 5 0 | 6 1 1 1 6 1·6 3 5 2 | 2 - - 0
你恋着 长城 啊　 我 恋 着　 你 长城令 我们 今生 相　 聚
3 5 5 5·6 2 3 2 3 2 6 | 3 5 6 7 0 2 2 7 6 0 | 2 3 5 7 2 7 6 5·‖:0 0 0
你将爱 融 入 军　 营 我带上 爱 悄悄 地 走　 近 你

伤感地：

5 5 3 2 2 7 7 6 0 | 3 5 6 5 5 0 | 6 1 1 1 6 1·6 3 5 2 | 2·- 2 -
你恋着 长城 啊　 我 恋 着　 你 长城知 我们 心心 相　 依
你恋着 长城 啊　 我 恋 着　 你 长城是 我们 共有 荣　 誉

3 5 5 5 6 6 2 3 2 3 2　 6 | 3 5 6 7 7 7 2 3 5 7 2 7 | 1 5　 - - 0 5
雄鹰 是你的 身　 影红 豆捎去我 爱 的 寄　 语
你用生命为 她 添　 彩我 也感悟出 爱 的 真　 谛 啊

5·4 3 5 2 2 1·| 3 1 2 7 7 6 5·| 5·4 3 5 2 2 - |
长城 耸 立 为 她深爱的 土 地 长城 耸 立
5·6 7 7 7 5 3 2 7 | 2 3 5 7 5 2 2 - | 5·4 3 5 2 2 1·| 3 1 2 3 7 7 7 6 5 6
为着 人类的 和 平啊与 正 义 长城 耸 立 蕴育 一颗璀灿的 金星
5·4 3 5 2 3 - | 4 3 2 5 5 5 5 - | 4 3 2 3 - - | 5 6 5 6 7 2 7 6
长城 耸 立 将 你 高高擎起 哈　 啾
6 5 - 5 - - - : ‖ 4 - 5 3 5 | 5 - - - | 5 0 0 0 |
啊

长城之恋

你恋着长城啊 我恋着你

长城令我们今生相聚

你将爱融入军营

我带上爱悄悄地走近你

你恋着长城啊 我恋着你

长城知我们心心相依

雄鹰是你的身影

红豆捎去我爱的寄语

啊 长城耸立

为她深爱的土地

长城耸立

为着人类的和平啊与正义

你恋着长城啊 我恋着你

长城是我们共有荣誉

你用生命为她添彩

我也感悟出爱的真谛

啊 长城耸立

为她深爱的土地

长城耸立

为着人类的和平啊与正义

长城耸立

蕴育一颗璀璨的金星

长城耸立

将你高高擎起

2003 年 5 月 4 日

骨肉情牵

这边有个日月山
那边有个日月潭
中华的明月夜哟
盼的是和气团圆

这边有个彭郎矶
那边有个澎湖湾
澎湃的海峡水哟
念的是寥廓江天

宝岛擎立玉山堆雪
华夏凝望合浦珠还
玉人的珠泪儿哟
为的是骨肉情牵

骨肉情牵
为了一个共同的夙愿
骨肉情牵

为了一个完美的家园

骨肉情牵

为了一个共有的始祖

骨肉情牵

为了一个灿烂的明天

甲申新年元宵节偶成

五色土①之歌

一片五色土
孕育百花开
绝世风华终不改
祖国春常在

一片五色土
广阔大舞台
龙腾虎跃歌如海
中华人豪迈

一片五色土
澎湃我胸怀
手持彩练巡天来
天地共精彩

五色土升起五星红旗
五色土托举参天松柏
五色土奠基七彩②道路

五色土拥抱美好未来

2004 年国际劳动节

【注释】

①五色土:北京一处著名历史人文景观,位于天安门西侧中山公园内。本是明、清两代皇帝专门用于祭祀土谷之神、以祈祷丰收的社稷坛,坛呈方形,以象征大地。坛上按天干地支和八卦的方位,依照东西南北中顺序分别铺设青、白、赤、黑、黄五种颜色的天然土壤,象征溥天之下的广袤疆土。社稷,本指土谷之神,后遂演绎为国家政权。社稷坛上铺设五色土的形制开创于西汉。歌词中的五色土是指孕育了绚丽多彩中华文明的神州大地,也可将其视为以广纳百川、和而不同为显著特色的中华民族文化的形象昭示。

②七彩:指赤、橙、黄、绿、青、蓝、紫七种颜色。天上彩虹包含七彩,被喻为彩练。毛泽东《菩萨蛮·大柏地》词中有"赤橙黄绿青蓝紫,谁持彩练当空舞"的著名诗句。歌词中的七彩路,既指以科学发展观为指导的中国特色社会主义道路带给华夏神州的美好前景,也包含了对中国"和平崛起"、推动世界共同进步发展战略的深情赞颂。

161

五色土·七彩路

一片五色土
孕育百花开
绝世风华终不改
祖国春常在

一条七彩路
深情连四海
唤醒巨龙天下白
春潮正澎湃

一片五色土
筑起摘星台
泛舟九霄巡天来
天地共精彩

一条七彩路
宽广我胸怀
大爱无言写慷慨

五洲同豪迈

五色土啊！五色土
是你铺就了一条七彩之路
七彩路啊！七彩路
让我沿着你走向美好明天

2004 年 8 月 1 日

昆仑①颂歌

托起那西部雄浑，高扬那东方精神
你将那赫赫威仪，授予那轩辕子孙

陪伴那年轻高原，见证那古老征尘
你从那沧桑往事，诠释那生命常新

挺立在世界屋脊，守望那太平之滨
你用那圣洁雪水，为天地酿造甘醇

啊，昆仑，你这神州航船的桅顶
啊，昆仑，你这万山之国的至尊
巍巍昆仑，昆仑巍巍

2003 年 10 月 1 日

【注释】

①昆仑山，西起帕米尔高原，主脉横贯新疆、西藏间。其支脉则分布于青海、四川、甘肃各省。全长 2500 公里，平均海拔 5500—6000 米，最高峰布各达板峰，位于青、新交界处，海拔 6860 米。昆仑山相传是中华民族始祖黄帝的诞生地，又有着关于西王母"瑶池"的动人传说，因此在中华文化史上有"万山之祖"的显赫地位，被誉为"中国第一神山"。历代吟咏昆仑的作品甚多，其中尤以梁启超的《黄帝》组歌中一句"赫赫我祖名轩辕，降自昆仑山"，以及毛泽东的《念奴娇·昆仑》最为著名。

仰望天空

渴望一种姿态

永不凋零

当我迷茫

向着天空，带着虔诚

仰望吧，仰望

仰望宇宙，回首心灵

仰望天际的博大与无穷

回首自身的渺小与轻盈

仰望天空，回首心灵

仰望真理的质问与求索

回首智慧的交流与共鸣

渴望一种情怀

永恒高远

当我浮华

向着蔚蓝，带着平淡

仰望吧，仰望

仰望宇宙，回首心灵

仰望苍穹的致远与宁静
回首内心的开迪与觉醒
仰望天空，回首心灵
仰望大爱的静穆与无言
回首心灵的安详与包容

仰望天空
日月运行
揽宇宙于心中
星汉西流
看银河洪波生
回首心灵
人世变幻
唯智慧是永恒
生命沉浮
独灵魂能超生

仰望天空，回首心灵
拥有这姿态与情怀永不凋零
仰望天空，回首心灵
拥有这高远与平淡永远谐鸣
仰望天空，回首心灵
拥有这智慧与真理永不凋零

仰望天空，回首心灵

拥有这天空与心灵永远谐鸣

猛士执戈奉玉帛

旗帜

　　古往今来，人类社会每个团队的奋斗，小到家族、部落，大到国家、政党，莫不以旗帜为号召，明宗旨，作指针，励士气。兴衰荣辱，长系于斯；遍览中西，概莫能外。自党的十二大以来，一个新奇、新颖、新鲜的名词——"中国特色社会主义"，像一声春雷震醒了一度沉寂的中国大地，在每一位华夏儿女心中激溅起朵朵五彩浪花，并且成为后来历次党代会的主题词。丁亥金秋，党的十七大把改革开放以来党经历的新考验、获得的新经验、引发的新觉醒、开创的新辉煌归结为"中国特色社会主义伟大旗帜"。旗帜就是方向、形象、力量的象征，高举这面伟大旗帜，我们就会在奔向民族伟大复兴新的征程中，披荆斩棘，勇往直前！

茫茫黑夜里，你把熊熊火炬点燃
东方黎明时，你把朝阳冉冉托起
山花烂漫时，你将欢欣尽情舒展
风云变幻中，你用坚毅卷走低迷

巍巍群峰上，你把力量凝聚成铁壁
辽阔旷野中，你带给世界惊天动地
滔滔激流中，你引领航船绕过险滩

猛士执戈奉玉帛

170

浩淼大海上，你重张古国泱泱气宇

旗帜啊，旗帜
奋进的方向，团结的纽带
辉煌的保证，胜利的希望
旗帜啊，旗帜
让我们把你高高擎起
奔向美好的远方

2007年11月1日

藏头诗三首

赤子祭

——吊献身和平事业的优秀防化专家郁建兴烈士

郁葱岭上碧云浮

建康城外大江吟

兴复禹夏推赤子

烈迅风雷峙九州

士心堪作长城骨

不归岂为觅封侯

死生已付和平业

神行寰宇更万秋

2003 年 3 月 14 日晨

和平卫士

和美家园遭毒染

平凡之躯化利剑

卫国儿女多豪迈

士志无语写慷慨

2005 年 9 月 16 日

写于吉林敦化莲花泡处理日本遗弃化学武器作业现场

赠装甲兵一将军

乙酉岁末，偶闻众人论君"务实、求实、扎实"之说，作为装甲兵一员，深感欣慰，特赋藏头诗一首，以为丙戌新春之贺。

敬贤经武久蜚声
赠君鹅毛丹寸情
三尺龙泉堪砥砺
实才兴军握峥嵘
宝珍初隐石难没
书卷深涵道久成
部班谐和每中乐
长师仪范树德风

第四编

笔临广宇墨亦浓

观洛阳"天子驾六"

秦皇俑阵已惊世

唐帝骏雕复通神

栩栩六飞出洛邑

赳赳千世叹周文

巡行禹甸抚中土

随扈王京萃孟津

莫悲高轩枕逸骨

朝宗轮迹日方新

2007 年 4 月 5 日

177

丁亥夏参观洋山深水港口占示荣生和兴桂友

巨龙腾越东海面

旷世浮梁万丈虹

萧史吹箫引鸾凤

群鲸笑逐朝阳升

如云樯橹来海上

似锦鸿图遍国中

狼烟魅影今何在

天地翻覆五洲情

猛士执戈奉玉帛

丙戌端午节有感

端阳节令艾蒲香

采来樱桃投汨江

天地含情佑贞贤

民心如秤万古扬

何当宝岛回故乡

高唱离骚醉雄黄

时事感怀

三大世界乱纷纷
列强割据霸权吞
弱小民族最可怜
频遭肢解与蹂躏
受欺受凌不甘心
奋起抗争志惊人
合纵连横天下计
杠杆撬石力千钧
毛遂盟坛镇强楚
相如玉碎制暴秦
壮哉包胥咸阳哭
犒牛救国抵万军
匹夫之怒慑雄主
大智大勇泣鬼神

霸权虽盛易骄侈
位显皆争干戈频

盛时百鸟争朝凤

失势摘星楼长焚

穷国立足虽艰辛

凭智凭勇靠自身

奋斗之乐无穷尽

失不足惜得安心

人情不欠腰不折

坦荡自信且自尊

风侵霜袭骨更硬

严冬过后总是春

1990 年 12 月 31 日

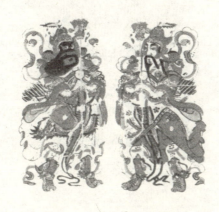

四季心曲

春雷万物苏

闻鸡即起舞

招式一剑收

太极步悠悠

夏风肆火龙

宁静爽心中

力尽不知热

更惜暑日多

秋霜枫叶红

早眠早刈垄

含笑送斜阳

喜获万担粮

冬雪大如席

养精蓄锐气

岁寒梅未残

励练志愈坚

2004 年 5 月 1 日

读书有感

举头望苍穹

回首思德行

闭目悟实情

开襟致中庸

2005 年 12 月 12 日

听 雨

初弹如珠渐如缕
时淡时浓闻箫声
诉尽平生云水情
满目春花秋月景

2000 年 8 月 20 日

猛士执戈奉玉帛

丹枫映夕阳

报载:目前我国已开办各类老年大学 200 余所,数百万白发苍苍的老同志,在这个充满朝气的精神家园里,勤奋攀登,拼搏创新,昂首阔步迈向人生的第二个青春期。此情此景,令人感慨不已。

青春仗剑卫社稷
白首挥毫颂家邦
多娇山河感衷肠
解甲心犹烈
老骥气轩昂

萃取茗中山水秀
采撷诗苑桃李香
浩瀚学海本无疆
莫道桑榆晚
丹枫映夕阳

2001 年重阳节

口占一首赠赴河北鹿泉
处理日本遗弃化武降魔神兵

万里转战驰神州

扎寨鹿泉费运筹

累累遗毒铭国耻

耿耿丹心释民忧

豺虎蠢动时为祸

龙泉斩落作珍馐

燕赵从来多豪士

今朝复聚古风流

2002 年 7 月 10 日

猛士执戈奉玉帛

186

参观庐山会议旧址有感

身置香炉雾霭中

耳畔烈迅风雷吼

斯人已去楼安在

谨记家和万事兴

2004 年 8 月 6 日

187

中秋夜观车技

踏车行云舞蹁跹

似是嫦娥奔月宫

回眸一笑春梅绽

飒爽盈燕技冠雄

更重战友情

2005年暑期，应宣化炮院曹淑信院长之邀，携全家游坝上草原，受到盛情接待。为谢友人，特赋一首。

下榻炮兵城

清爽习习风

坝上草原行

犹如在画中

置身赤城泉

赛过活神仙

峡谷去漂流

人人乐悠悠

水库鱼味美

红酒沁人醉

逍遥三日游

更重战友情

和谐奔小康

——壬午盛夏参观黄帝城有感

本是同根生

何须逐鹿丘

干戈化玉帛

民族昌千秋

炎黄和蚩尤

同为我始祖

三帝创伟业

和谐国更生

万紫千红夏似春

——游坝上草原"天下第一"五花草甸

五花争妍甸灿烂

游人如织赛江南

满目美景皆入画

步移花笑难舍求

人生莫重围城情

——游河北沙城鸡鸣驿

黑夜策马出京都

鸡鸣抵达驿站城

塞外补给再西行

卫国捍疆留美名

何处一日不三餐

鸡到哪里也得鸣

人生莫重围城情

奔走四方建勋功

猛士执戈奉玉帛

赞和平使者

——喜读军报《为了和平之约》，题赠履约事务办公室

止戈为武先哲训

熔剑铸犁普世心

八载风霜锤劲旅

五洲烽火耀星辰

睽睽众目锋屡试

猎猎云旌志犹存

誓拱吾华重崛起

不教魔影肆国门

防川即景

　　2005年金秋，赴东北慰问防化学院参加处置日本遗弃化学武器作业人员，途经吉林省延吉市边陲重镇防川，站在我方哨所瞭望塔顶，极目远眺，中俄朝"一脚三国"尽收眼底。此情此景，令人感慨不已——

三国同栖望海楼

相濡以沫堪无忧

人类本是一家族

楚河汉界何时休

猛士执戈奉玉帛

194

蓬莱访道

2005年10月19日，在烟台海军航空工程学院参观见学时，聆听了院长秦兰悦少将介绍该院在总部组织的教学评价中一举夺魁的生动事迹，深受鼓舞和启迪，即兴赋诗一首——

未曾谋面先闻声

严谨治学及孔翁

航院领军能破浪

蓬莱争渡留真经

访道齐鲁种树艺

欲栽燕蓟万木葱

今日听君一席语

胜似苦读十岁功

贺神鹰新闻社成立三周年

神鹰思天宇

妙笔写峥嵘

葱郁满园秀

芳菲千日红

硝烟凝翰墨

哲圣屹文雄

喜看君行早

风雪伴鹏程

2005 年 12 月 20 日

猛士执戈奉玉帛

196

为政治部干部题勉

一身正气

清风两袖

山海襟怀

腹有诗书

无欲则刚

忧乐六洲

2005 年 8 月 1 日

氣袖懷書劍剛洲

正而襟詩則六

身風於海弓欲樂

一灣山腹無憂

爲文科莘莘集先賢之良訓

以為銘而自勉也

乙酉

雪秋書於

雷珍民書

为防化学院双五华诞而作

学纳百川

德积千仞

拱卫九鼎

致力和平

2005 年 12 月 11 日

国庆中秋与朋友聚会

清风丹山明月

黄花碧池霜林

相交琴心剑胆

天籁随性歌吟

中宵言醇桂酒

永夜梦渡金轮

淡泊从容守志

笑看云水浮沉

2006 年 10 月 1 日

猛士执戈奉玉帛

200

处世三昧十题

许上等愿，结中等缘，享下等福

向往高处，着眼细处，选择宽处

梦想无边，幻想无益，思想无量

言重如山，行胜于言，品见于行

知足不足，有为弗为，上德不德

富贵不淫，贫贱不移，威武不屈

青年戒色，壮年戒斗，暮年戒得

宁信祸降，勿信福临，有备无患

宁静致远，淡泊明志，坚韧功成

仁者无忧，智者不惑，勇者无惧

2005 年 12 月 31 日

临江仙　　驻跸山^①感怀

千古神岭钟毓秀，日薰月沐通灵，栖云啸台垂丹青。穹庐两驻跸，高下自分明。

屏翰万秋天下脊，鹰扬燕碣奔霆，投书北阙挂天倾。人龙刘谏议^②，烈宦寇昌平^③。

①驻跸山，意即曾有皇帝到此作过短暂停留的山。查《辞源》"驻跸山"词条，知山岳以此冠名者，全国仅有两座：一座在辽宁辽阳市西南，是唐太宗李世民征高时统军驻扎之所；一座在北京昌平区西南，为金章宗完颜璟在位时屡次游幸之地。

②刘谏议，即唐朝中期杰出政论家刘蕡，其故里在北京昌平城南西沙屯。在参加朝廷举行的一次科举考试时，他冒死撰文上书文宗皇帝，痛斥宦官专权，一时震撼朝野。唐朝中后期宦官权力之大堪称历代之冠，连皇帝的生死废立都掌握在他们手里，刘蕡此举无异于要把皇帝头上的"天王老子"拉下马来。身为一介书生的一篇奇文，道出了朝野上下官学黎庶压抑已久的共同心声，形成一股强大的社会舆论，很多重臣、名士将他引为知己，自然也招来了一班气焰熏天的权阉的忌恨。刘蕡最终被贬出京，死在柳州司户参军任上。唐昭宗即位后追授他为"谏议大夫"，谥号"文节"，封昌平侯。史学家将他比作汉代的贾谊、晁错。1958年，毛泽东饶有兴致地阅读了《旧唐书·刘蕡传》，并慨然题诗赞颂："千载长天起大云，中堂俊伟有刘蕡。孤鸿铩羽悲鸣镝，万马齐喑叫一声。"这是毛泽东流传于世的极少数专门赞颂古人的诗作之一。

③寇昌平，即寇连材，清代昌平南七家庄人。寇连材出身贫寒，23岁时为生计所迫，经人介绍入宫做了慈禧身边的一名太监。几年的官禁生活，使他深刻感触到落日帝国心脏地带的黑暗和糜烂，特别是目睹甲午战败后慈禧不顾空前加剧的民族危机和爱国志士吁请变法的强烈意愿，继续沉迷于享受的丑行，寇连材愁肠百结、义愤难平。他明知大清朝在立国之初，就定下了严禁太监干政的祖制，两百多年从未有人敢以身试法，可他更不愿就这样依附于醉生梦死的没落宫廷而坐观国家和民族的沉沦。在经过一番深思熟虑后，寇连材也像刘蕡那位家乡先贤一样，选择了上书的方式来实现自己的报国志向。1896年2月15日，他直接向西太后递交了一份自己撰写的包括10条内容的奏疏，对慈禧的骄横淫逸作了直言不讳的斥责，主张续修武备与日本决战，特别是大胆地提出：考虑到皇帝至今没有子嗣，建议学习尧舜时代的禅让制度，从天下贤能之士中选立太子。慈

猛士执戈奉玉帛

禧看后勃然大怒，在确认该份奏疏果真出自身边这位亲随太监之手后，她长叹一声："既然如此，不要怪我太狠心了！"怅然拂袖而出。两天之后，寇连材被刑部在菜市口公开处斩。两年半后，"戊戌六君子"在同一地点慷慨就义；四年半后，慈禧在八国联军的炮火中出京避难，1912年2月12日，隆裕太后代表溥仪颁布退位诏书，正式宣布：为"近慰海内外厌乱望治之心，远协古圣天下为公之义"，"特率皇帝将统治权归诸全国，定为共和立宪政体"。此时距寇连材上书建议效法"禅让"，尚不足16年。梁启超专门为其立传，称之为"烈宦"。

忆秦娥　思往事

泾河畔，魏公曾舞屠龙剑。屠龙剑，烟波何处，弄舟津岸[①]。

秦关落日风尘暗，南疆烽火思鏖战。思鏖战，陇西蓟北，月明云淡。

【注释】

①弄舟津岸，津：渡口。佛语曰：迷津无边，回头是岸。李白诗云："人生在世不称意，明朝散发弄扁舟。"此处反两家之意而用之，即为了找回当年魏征用以惩处恶龙的宝剑，辞别故乡，乘舟远行。

206

渔家傲　赞防化兵

　　浪涌长江催劲旅，植根雄塞书奇迹，筚路蓝缕扎戈壁。神兵起，多娇河岳添虎翼。

　　魅火蘑云琢璞玉，石破天惊彰胸臆，致力和平拥社稷。群星聚，凯歌高奏惊寰宇。

清德正气布新风

——丁亥秋月聆听总部首长履新演说有感

·

炮火纷飞的岁月，有一句口号，凝聚成一种力量——"跟我上！"繁花锦簇的年代，有一篇誓词，树立起一种形象——"我带头！"这种不同凡响的声音，彰显出一腔横贯日月的浩然正气，带给人们一缕刻骨铭心的感动……

其一

丹崖①挺千仞，无欲乃自雄

洪波何足道，砥柱②誉国中

其二

辞山怀风骨，赴海示襟胸③

重闻中流誓④，浮舟脍长鲸⑤

其三

锦帆邀星汉，姮娥寄豪英

燕台勋炳曜⑥，金瓯有干城⑦

【注释】

①丹崖：江西龙虎山为典型的丹霞地貌，丹崖壁立，钟灵毓秀，颇有高士之风。自古为道教圣地。

②砥柱：南宋词人张元干有《贺新郎》词曰："底事昆仑倾砥柱，九地黄流乱注？"此句反其意用之。江河横溢，赖砥柱中流转危为安。

③辞山、赴海：江河发源于山，得不屈之风骨；朝宗于海，彰无量之心胸。故文天祥以河岳得天地之正气，堪与日星相匹配。

④中流誓：祖逖矢志为国光复故土，曾于江上击楫为誓："不能清中原而复济者，有如大江！"

⑤脍长鲸：语出陆游《三月十七日夜醉中作》："前年脍鲸东海上，白浪如山寄豪壮。"长鲸，这里比喻凶恶的敌人。

⑥燕台：即黄金台。故址在河北易县东南。昔日燕昭王筑台以招贤士，得乐毅而破强齐。遇明主，建奇勋，君臣际会，为千古佳话。曜：日、月、星的总称。

⑦金瓯：比喻祖国的神圣疆土。干城：干为盾，城指城郭。古人以干城比喻国家的捍卫者。蔡邕《荐皇甫规》："论其武劳，则汉室之干城，课其文德，则皇家之腹心。"

贞心劲节傲岁寒

——贺师长六十二荣寿

其一

舜耕历山麓，丘牧泗水滨

鱼服辞故土，龙韬际风云

其二

悬镜剖世态，燃藜烛征人

纷将愚公志，释作伯乐心

其三

石叩山鬼惧，文撄女皇鳞

清姿耀冰雪，蝉噪何足论

乙酉年十月十二日

过滕州观胜迹有感

墨尚兼爱孟崇仁①

化成闾阎自相钦②

孟尝尊客能市义③

清塘施援④敢舍身

飞鸢公输诚良冶⑤

巡天浮槎出班门⑥

景公折齿慈孺子⑦

李膺俯首教武伦⑧

奇矣哉

至圣倡言仁智勇⑨

君子达德此氤氲⑩

无怪乎四海尤重齐鲁地

青史丈夫⑪耀古今

丁亥孟春

【注释】

①墨子，名翟，出生于滕州，我国时期著名思想家、科学家。当代人尊其为"科圣"。他一生倡导"兼爱"，主张"视人之国若视其国，视人之家若视其家，视人之身若视其身"，反对以大欺小、恃强凌弱。孟子，名轲，出生于邹邑，战国时期著名思想家，是继孔子之后儒家学派的主要代表人物。后世尊其为"亚圣"。他曾告诫滕国国君文公要效法尧舜治天下，不失仁义之道（《孟子·滕文公上》）。

②闾阎，乡里，也指平民。相钦，互相钦敬。孟子有言："爱人者，人恒爱之。"

③孟尝市义，典出《战国策·齐策四》。齐国相国孟尝君田文有门客冯谖奉命到孟尝君封地薛邑（今滕州薛城）为主家收债，到薛邑则假称田文的命令免除了当地民众的全部债务，为孟尝君赢得了封地民心，从而免除其后顾之忧。冯谖称之为"市义"。

④清塘施援，化自《孟子·公孙丑上》："人皆有不忍人之心……今人乍见孺子将入于井，皆有怵惕恻隐之心，非所以内交于孺子之父母也，非所以要誉于乡党朋友也，非恶其声而然也。"孟子还说："以不忍人之心，行不忍人之政，治天下可运之掌上。"

⑤飞鸢，相传为鲁班（原名公输盘）发明的某种飞行器，事见《墨子·鲁问》："公输子削竹木以为鹊，三日不下"，又见唐代《渚宫旧事》记载鲁班"尝为木鸢，乘之以窥宋城"。有人据此称鲁班为人类尝试航天飞行第一人。良冶，良匠。

⑥槎，古代一种用竹子或木料扎成的筏子。浮槎，我国古代神话传说中的一种太空飞行器。据《荆楚岁时记》载：汉武帝时，遣张骞出使大夏，寻求河源，骞乘浮槎上溯，经一月而至银河，见到牛郎和织女，织女并赠送张骞一块支机石，让他带回人间。班门，双关语。一指鲁班之门；二指科班之门。

⑦景公折齿，出自《左传·哀公六年》："鲍子曰：'汝忘君之为孺子牛而折其齿乎？'"杜预注："孺子，荼（齐景公少子）也，景公尝衔绳为牛，使荼牵之，荼颠地，故折其齿。"此处形容父亲对儿子的挚爱。孺子，小孩子。

⑧李勣，山东东明人，初唐时期著名军事家。曾随李世民击破王世充、窦建德、刘

213

黑闼等部，后又随李靖大败东突厥，俘颉利可汗，为建立和巩固唐王朝立下赫赫战功。受封英国公，高宗时任尚书左仆射，进位司空。教武伦，教化武德。

⑨至圣倡言，《礼记·中庸》引孔子曰："智、仁、勇，天下之达德也。"

⑩氤氲，此处借喻道德风尚盛大厚重。

⑪青史丈夫，化自《孟子·滕文公下》："居天下之广居，立天下之正位，行天下之正道。得志，与民由之，不得志，独行其道。富贵不能淫，贫贱不能移，威武不能屈，此之谓大丈夫。"

咏神岭峰^①

天垂神羽资长翼

地涌灵峰励壮心

万壑朝宗^②瞻毓秀

千峰驻跸戌同春

【注释】

①神岭峰，相传很久以前，一股出自妙峰山谷的可怕洪水突然袭来，幸被驻跸山屏阻东折远去，贯市和阳坊等数个村镇的黎民、庐舍、良田赖以保全。从此，驻跸山被当地民众誉为"神山"、"神岭"。据此山北麓万历年间留下的"神岭千峰"巨幅石刻推断，这种说法最迟在400多年前就已得到公认。"此志书同载驻跸山也。其石如全，其色如墨，迥异于群山——洵千古之神岭，万载之屏翰（屏翰即屏藩，比喻卫国的重臣。语出韩愈《楚国夫人墓志铭》：'为王屏翰，有壤千里。'）。故从古至今，无不景仰……"这段毗邻万历石刻、撰写于清朝光绪年间的碑文，更加生动翔实地刻画了此山作为当地"保护神"的形象。

②万壑朝宗，朝宗桥又名沙河北大桥，建于明正统十二年(1447)，为七孔石桥。全长130米，宽13.3米，中间高7.5米，七孔联拱结构，桥两旁有石栏柱53对。桥用实心板护栏，形质古朴。沙河桥是明朝帝后、大臣谒陵北巡的必经之路，又是通往塞北的交通咽喉。它与卢沟桥、永通桥(俗称八里桥)，并称为"拱卫京师三大桥梁"。另外在桥北还有万历四年（1576年）镌刻的"朝宗桥"石碑一块。上有诗曰：朝宗桥畔湖水寂，小鸭悠游杨柳垂。寒鸟闻客惊飞翼，独提双脚踏余晖。

猛士执戈奉玉帛

夜观镜泊湖

丙戌暑宵，漫步北国明珠镜泊湖畔，极目远眺，这万余年前历经五次火山喷发而形成的长约四十五公里、深约七十米、面积达七十九点三平方公里的熔岩堰塞湖，水平如镜，似动非动，宁静如初，安定祥和，不禁令人浮想联翩，感悟人生，以湖为镜，正冠自勉。正如梭罗所言：一个湖是风景中最美丽、最富于表情的姿容，它是大地的眼睛，观看它的人同时也在衡量着自身天性的深度。

无声无息，静悄悄，勿张扬

无涛无浪，平缓缓，柔欲刚

无风无雨，神奕奕，自泰然

无污无染，明净净，洁自好

无炫无耀，安然然，守泊情

无躁无动，心悠悠，固寂宁

无欲无求，清白白，莫伸手

无事无非，坦荡荡，缄其口

沐浴天龙源

跃下居庸关

陶然天龙源

沐浴此慧泉

醉卧祥云端

水韵息仕劳

听泉功禄抛

形神归一统

无欲而自高

养生心明净

逍遥澈悟灵

看破红与尘

返璞归以真

莫道瑶池好

唯此仙境妙

2005 年隆冬作于天龙源度假村

猛士执戈奉玉帛

218

漂流九曲溪

小小竹筏九曲绕

悠悠心灵鸣翠鸟

淙淙溪流碧如泉

丝丝渗入人心田

匆匆穿梭峭壁间

缓缓滑向深谷潭

粼粼清波拂胸尘

静静舒润婉约蕴

翩翩武夷山和水

冥冥遐思效无为

2004 年夏作于武夷山

从嘉峪关到居庸关口占示战友

万里长城一缘牵

袍泽喜逢忆旧年

亘古男儿从军乐

青春无悔嘉峪关

居庸城下重聚义

皓首谈笑效姜廉

雄关两头手牵手

拱卫金瓯续鸿篇

2006 年 12 月 2 日

猛士执戈奉玉帛

夏威夷印象

风景　风光　风情

碧水蓝天成一线

温风香花沁心园

蕉田蔗园织锦绣

棕榈小草互致敬

火山海浪携手舞

冲浪裙舞腾激情

赤脚走在沙滩上

白似银

细烁金

精炼无秕

软包缎

柔抽丝

直坠仙境

润若脂

洁如玉

明目清心

龙宫观鱼

艇外鱼跃珊瑚丛

殷红碧蓝色相同

避凶躲险善伪装

莫不优游而自得

珍珠港祭

凌鹰临江水倒流

珍珠溅落血海涌

霆歼樯橹风高夜

破晓举案胶漆浓

是是非非转头空

分分合合笑谈中

往事如烟随潮去

几度春秋几度风

2004 年 11 月 22 日

丁亥春题赠营房部杜部长

杜陵茅居思广厦

工部圣心天地宽

宗风遗爱资正嗣

茂荫袍泽慰先贤

躬从尧舜逢盛世

安居师旅固雄关

秋风从今易萧瑟

长歌一曲尽欢颜

2006年6月6日夜醉中作

千年一轮吉祥天

卫疆志士喜团圆

世纪金源举美酒

推杯换盏豪兴浓

赋诗高歌任啸傲

月过中天意未休

最忆峥嵘岁月稠

肝胆相颂寄云端

共祝祖国万年长

同贺同庆同平安

喜闻举浦获联合国摄影奖

金牌金光闪

举浦举臂远

耕耘数十年

加冕世界冠

谁言蜀道难

有志翱青天

2006 年 5 月 30 日

听课偶得

——致"航天精神报告团"成员孙锦云

公孙剑器倾诗圣^①

道子禅风锦韵扬^②

岱岳层云旌奇志^③

江城瑞雪跻祖康^④

鹏飞翼助经天业^⑤

鸾俦携阳并蒂香^⑥

今驭神舟驻神岭^⑦

薰风霁月沐众芳

2007年7月2日

【注释】

①杜甫《观公孙大娘弟子舞剑器行》诗曰："昔有佳人公孙氏，一舞剑器动四方。"意即公孙氏的精彩舞剑曾令诗圣为之倾倒。

②唐代吴道子擅长画飞天造像，锦带临风，气韵灵动，世称"吴带当风"。

③杜甫登泰山赋《望岳》"荡胸生层云""会当凌绝顶，一览众山小"，意为环绕泰山之巅的层云见证了齐鲁骄子的奇伟志向。

④古有孙康映雪苦读的故事。江城，哈尔滨别称。意即哈尔滨冬雪见证了孙康后裔精勤求学的经历。

⑤鲲鹏高翔九天，离不开鹏翼的辅助。经天业，喻我国航天事业。

⑥鸾俦，书面语，喻和美并进有为的夫妇。意为夫妇携手创业，就像一对朝阳的丹凤和并蒂开放的奇葩。

⑦神岭即"神岭千峰"，中国人民解放军防化指挥工程学院所在地。

观九旬傅翁泼墨挥毫写金文

傅公举版筑

雅士隐终南

临江观水韵

登高吐晓岚

红泥邀佳客

石语悟自然

天华钟老翁

仁寿共神山

2007 年 10 月 10 日

猛士执戈奉玉帛

第五编

一川东流驻遐思

江船
此上彼下。
扬帆撑篙。
各用气力。
以见长江。
有上下风也。

捕鱼最宜画
於平沙丛苇。
与落雁宿鸥。
争汀烟江月。

抵岸式

捕鱼式

叉鱼式

双帆齐挂船

雨景渔艇

载酒船

石鹰头记

石鹰头，京北奇岳驻跸山之龙首，灵秀独钟，蜚声日久。史载金章宗游幸至此，叹其峻伟，御书"驻跸"刻于石上。清时以"天峰拔翠"著列"燕平八景"之一。建国之初，防化学院奉迁来斯，张廼更校长因其外观，呼之为石鹰头。越数十载，此峰遂化为防化兵之象征。登峰四望，极目京畿，千载风物，悉入笔端。念中唐刘蕡，忧国不计生死；有明戚帅，靖边固于金汤；闯王旌旗，毁败竟在旬月；西后仓皇，家国辱于虎

狼；詹公壮举，烛照幽昧长夜；举国同忾，高扬复兴风樯！尤为可感者，仪型在侧，俊彩星陈：郁建兴树丰碑于两河，联试组执牛耳于万国，履约人廓倭毒于神州，复有无数健儿抗非阻疫、反恐安邦——赫赫军声，山铭其志，史炳其勋！纪丰功而精构，睹胜迹而省躬——此诚方家治园之雅意，而启游人览物之幽情。果如是，则山石恒其德秀，草木永葆灵荣，斯园固将因之而垂汗青矣！

宜兴紫砂壶赋

　　宜兴，古称阳羡，本唐虞时代善卷老人隐逸之乡，春秋时期范蠡西子泛舟之地，两晋之际山伯英台求学之所，宋元以来，更以紫砂茶具名擅天下。物华天宝，人杰地灵，余心向往久之。

　　丁亥孟秋，始得成行。将北归，承友人厚赠顾景舟大师得意弟子精构砂壶一具，喜何如之！返京后，置于书斋小几，公务之余，屡屡晤对，视此化石为壤、着水为泥、合范成胚、妙手通灵、浴火重生之造化尚品，不啻一座右无字之铭，亦为人生一无言知友矣。故为之赋曰：

　　清佳兮香茗，蕴道也紫砂。芳气聚敛于壶内，啜饮者自有天趣；雅韵疏离于壶外，槛外人难解其味。紫砂彻灵，柔润温婉，神兼珠玉；紫砂上乘，禅茶一味，斯证得境。紫砂清雅，诗书画融捏在寸土之间；紫砂容阔，天地人尽握于股掌之内。香不涣散，醇味固得缠结；味不耽搁，汤质俾得氤氲。文士钦之，灵感因之而汇笔；禅衲近之，佛性因之而开悟。甘候①兮适人，紫砂做嫁裳；神思兮得一，清友②当佐参。踏青归来新焙茗，幽凉秋夜闲举杯。握梅扁③，细看水墨虚静，画家从来是书圣；品绿乳，漫织文章散淡，墨客自古为茶仙。紫砂沉稳以载道，飞白之处存飘逸。事能知足心常泰，人到无求品自高。

　　紫泥陶然，山寺晨来早；青霞怡情，客船夜央迟。煮香茗，新泉活火，品饴泰和；启竹段④，暗香浮动，紫玉生烟。初巡兰馥，气清心愈静；再巡淡定，味减意更浓。碧螺春色，旗枪水中独舞；祁门香韵，雀舌双手相携。精茗蕴香，临山林，傍惠泉得流韵；紫瓯藏道，在雅舍，适智者见其明。一壶清浅新芽，两三竹炉故交。闲来相聚一杯茶，淡烟袅袅客为家。析陆羽奇篇，一壶饮尽乾坤清；论东坡雅趣，腹内还余千年香。曲未散，酽茶凉，人醉去，风翻书。对清灯，望明月，言犹在耳；挂高榻，抚香瓯，相梦故人。诗也画也，是紫砂，一拳山河储风雅；禅也道也，真人生，天涯是处有德邻。

【注释】

①②"甘候"、"清友"：茶的别名。

③④"梅扁"、"竹段"：紫砂壶的雅称。

哦！故乡那棵神奇的古槐

　　老家村口有一棵神奇的参天古槐，据说是明代族人中的一位教书风雅老祖宗栽种的，它高大巍峨的树干，伸展出遮天蔽日的浓荫，虬曲盘旋的树根，像一群巨型蚯蚓在蠕动，斑驳龟裂的树皮，记录着沧桑岁月雕刻下的痕迹。说起树龄来，可与国子监古槐相媲美。几百年来，这颗合抱十围的蓊郁大树，笑迎风雨，傲然挺立，不畏雷电，卓尔超群。

　　听老人说，清末时，村里曾遭遇了一场劫难，溃逃的清兵放了一把火，全村几乎化为灰烬，唯有这颗古槐丝毫无损。村人疑有神灵护佑，深信古槐是逢凶化吉的圣树，于是，对它更加精心呵护。以后，无论是谁，只要说起它，多是轻声细语，生怕语言中有什么不妥而有所不敬。果真，在日后百余年，村人都过得吉祥如意，平平安安。然而，天有不测风云，解放前夕，在一个电闪雷鸣、风雨交加的夜晚，古槐树经历了它一生中最为惨烈的伤害，在"轰隆"一声巨响中，干炸雷将呈丫型的另一枝齐刷刷拦腰截断，粗壮、沉稳的枝体一头栽倒在地。它倒下去的轰鸣声，震撼得地动山摇，全村大人都从梦中惊醒。第二天一大早，男女老少跑出门围观，每个人的心都战栗了，只见大树的一半无声无息地躺倒在地，大风将它的残枝败叶刮得满天乱飞。

人群中不时传来阵阵唏嘘和叹息声……可是，两年过去，遭雷击处的另一枝又冒出了新芽，而且疯也似地快速生长，几年功夫，又长成碗口粗了。

少年时，多少次驻足树前，心里仰慕的是它博大伟岸的形象、力挽长云的风流和旷世独立的骄傲，暗自立下"俯仰自如，乘风御云"的壮志雄心；成年后，多少次驻足树前，刻意寻找它躯体上被雷击的累累伤痕，搜寻那深褐色沟壑般的龟裂树皮，感受它茂叶繁枝间播散出的浓浓的绿荫，禁不住吟颂起"安得广厦千万间，大庇天下寒士俱欢颜"的诗文，每年清明节回乡扫墓，总忘不了在大树前烧上一柱香，默默向大树祷告，也把心中的欢娱与烦恼向它倾诉。

我觉得它懂我，青青树叶抖出朗朗笑声，把乐观豁达的情绪传送。人的一生不可能一帆风顺，面对痛苦、忧郁、烦恼、挫折时，如果能保持一种乐观豁达的心态，就能将平凡的生活过得生机勃勃，将沉重的生活变得轻松而活跃，甚至痛苦也会在乐观豁达的生活态度中变得甜美珍贵，成为过后忆记中绿色的一页。事实上，心胸豁达、开朗大度之人，耳聪目明、心静神清，这样的人，不但处事沉稳，颇具大将风范，且生命悠长、潇洒如虹。历史上，曹操虽兵败赤壁，但危难之中仍能仰天长笑，用豁达的心胸发出"胜败乃兵家常事"的感叹，最后终于以顽强拼搏的精神，带领部属走出泥沼扬长而去。

站在古槐下，我感觉我也懂它，因为，在我的骨子里，大树已为我注满了足以仗剑走天涯的豪气。听，飒飒作响的树叶，好像在吟唱一首歌。是谁编创了这首动人心魂的歌？是谁唱得如此大义凛然？

谁能撕破那变幻莫测的面纱

谁能判断那笑容后面的真假

多少黑心人玩弄忒黑花招

多少好朋友得不到好报答

试试探探输输赢赢真是一场揪心的棋局

恩恩怨怨是是非非活像一幅惨烈的图画

啊 举目四望大风起兮云在喷涌

啊 躬身自问恨意难平何处是家

我愿用一把倚天的长剑

把世上的邪恶一笔勾划

…………

如沐古典清风

第一次看见长江，是在一个深秋的黄昏。

夕阳西下，那鎏金般宽阔雄浑的江面上，不时翻卷起层层厚重舒缓的波涛，迎面吹来一阵阵柔润的江风，举目远眺，两岸群峰清翠欲滴，越发令人心旷神怡。

这分明是一幅优美的古典画卷！

江轮缓缓地前行，我却如痴如醉，驻足凝神，一会儿，耳畔传来熟悉的《春江花月夜》，虽然已是深秋，那江楼上的箫鼓和月夜中的丝竹，依然会穿透时空和季节，把一个古典文化的意境演绎得惟妙惟肖。

这如水的旋律，这如风的古曲，不正是在吟诵长江么！

我的心随着悠扬的旋律在回旋，在飞扬，在感动，仿佛听到从失落千年的盛唐传来渐行渐远的木屐声，感受到流觞曲水的曼妙，心海泛起一股情牵日升月恒的浪花。

没有人能够知道我此刻的内心感受，除去对久违了的大自然的亲近兴奋之外，我漫不经心地拾回了对古典文化的怀想，心头萦绕着它的袅袅余脉书香。初唐诗人杨炯曾三唱下江陵，直抒胸臆的豪迈旷达之情是今人无法企及的；宋代欧阳修在《寄梅圣俞》中所描绘的"唯有江山为胜绝，寄人堪作画中夸"和明代文安之在《咸池采石歌》中吟诵的"天精散落入地脉，龙章凤质何纷纭"，可以说，这两联诗句把长江之山之水描绘得美妙绝伦。

唯求书香心自远。这样的时刻，不能不怀想起李白，唐朝乾元二年，他因参预永王李璘幕府事而受牵连，被流放夜郎，舟至白帝城遇赦。在经历了痛苦而漫长的流放岁月之后，欣喜若狂的心情不胜言表，归途挥就了千古绝唱《朝发白帝城》，正因为遭受了坎坷的境遇，越发觉得江山的美丽、生命的可贵。

凭舟远眺的我，不由自主地放声吟咏起这首浪漫狂放的诗句：

"朝辞白帝彩云间，

千里江陵一日还……"

眼前，仿佛看见了万古长天那一片彩云依旧缥缈悠悠，好像听见千里江陵那一声凄清的猿啼还回旋在江边，依依惜别的离愁中，不曾是三月里烟花的迷乱，扬州明月如昨，轻舟上斯人已逝。曾经的花前，他饮尽了百代的荣枯悲欢；曾经的月下，他狂醉了一生的豪情梦魇；曾经这两岸的山，亦如他歌中倚天的长剑，曾经这江上的风，荡走了他送别的远行孤帆。而曾经这清清的江水中，我仍然看见他安能摧眉折腰事权贵的高傲容颜。散尽了宝马与千金，挥去了繁华与烟云，他用自己的文字铸就了一座雄视千古蚁观天下的不朽丰碑，实现了一个伟大生命在文化攀缘中的自我放逐，把遗世独立的人格和天马行空的灵魂留给了后世。

江水在日夜不停地流淌，白帝城千年的祥云瑞气中，不仅仅隐含有一种人生的沉浮和世事的沧桑，还有一代诗仙感天动地的人文主义理性光芒。

沐古典之清风，拂心灵之尘埃。

从长江归来，在与文字相伴的时候，忽然发觉原本生活也是可以不掺一丝杂质的，只要自己的灵魂深处毫无沉沦之重和浮躁之轻，永远保留诗人那份清香、清风和清澈，才能用直抵内心的文字，消弭藏匿在滚滚红尘中的不和谐音符，化解各式各样的干戈为玉帛，点燃苦闷、彷徨甚至绝望者心中储存的桔灯，让其在娓娓道来的随笔里烟消云散。

我在想，其实写作也在无形中改造着写作者自己，有的人因为写作而变得张扬起来，稍微念过几天书、写了几篇文章便自诩"文化人"，动辄苏格拉底说、托尔斯泰说，甚至满嘴"文化"、"素质"、"人文"之类的时尚语汇；有的人却因为写作而分外睿智，越发变得沉静、沉默和沉着。

每每提笔，那无数挺立于文明潮头并恒葆精神魅力的故国风流人物，也在我的眼前一一浮现，最终链接成又一条奔腾不息的长江。可是，面对眼下母亲河流域民族文化正在遭遇玷污、蚕食和日益萎缩的严酷现实，自己的心灵不由地再度因为顾炎武的大声疾呼而急剧震颤：

"天下兴亡，匹夫有责！"

诚然，天地未必倾覆，长江还在奔流。但面对种种甚嚣尘上的文化颠覆以及消解崇高的逆流，行仁义者决不能放弃自己的责任，明知没有完美的事物，而一心要做生命的智勇者。于是不懈求索，掬一捧江水，研一池心墨，握管挥毫，撒开一张张心情的雨幕，与读者共赏同沐，剪除浮华心灵的杈枝枯叶，延续一份"把酒酹滔滔，心潮逐浪高"的激越之情，固守一份原本的淡泊与至诚。

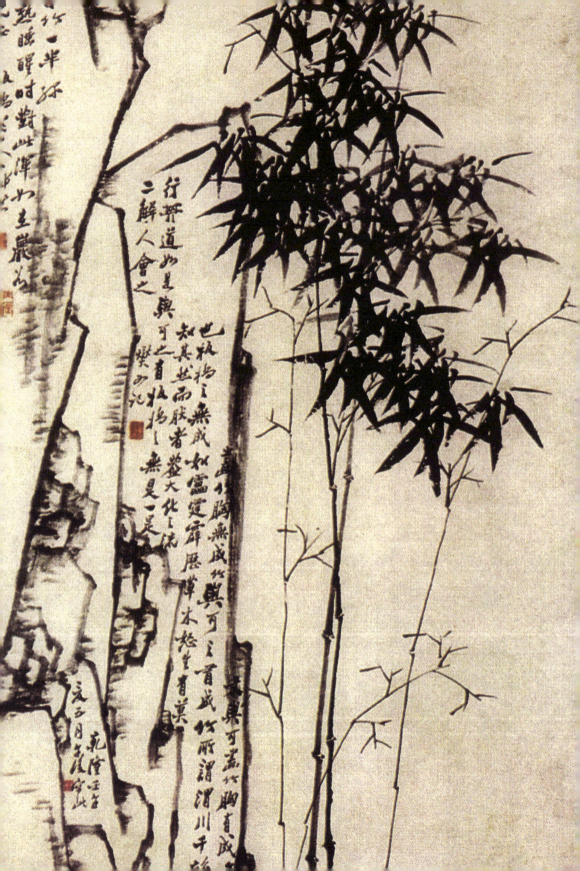

竹海放想

　　登上莫干山巅，放眼四望，连片的竹林将层峦叠嶂的群山妆扮成绿的世界，满目竹林在阳光的照耀下，恰似绿莹莹的万顷烟波。置身竹林绿海，心中流淌着涓涓清泉，不时激溅起朵朵浪花，让沉淀于心的思绪，任意游弋，放肆悸动，撑开了一方奇妙的梦幻天地。

　　这似木非木，似草非草的翠竹，为什么能博得历代文人雅士的情有独钟？

　　驻足观赏竹子形象，袅袅婷婷的竹竿齐齐伸向天际，千姿百态中分明让人读出了一个"仙"字：竹子堪称大家族，林林总总九百余种，高者低者，大者小者，各以类聚，连山接境，如梦似幻。竹竿挺拔秀丽、竹叶潇洒多姿、竹形迥然各异，有的形若人面，有的恰似佛肚，有的龙飞凤舞，有的状若龟斑，还有的竹竿在笋期就被塑造成盘旋弯曲形态或被修剪成"无声的诗，立体的画"的盆景，竹类的色泽或碧绿或金黄，更有迷人的紫黑美人，可谓品种繁多，仪态万方，那潇洒自若的姿态，令人目不暇接；那清风拂影的景致，让人陶醉其中。

　　下雨了，竹枝竹叶都张开了嘴，醉饮甘甜如饴的雨露，洗尽了蒙在身上的尘埃，翠竹焕发出更加勃勃的生机，呈现出更加绰约娇妩的万千风姿。

　　一阵薰风徐来，竹叶摇曳，飒飒作响。听！那美妙悦耳的声音，似吟诵万古不朽的李杜诗篇，如"嘈嘈切切错杂弹，大珠小珠落玉盘"的琵琶弹奏声；深邃而悠远的音律，分明透射出雄浑昂扬之美，耳际仿佛响起秦王扫六合的车辚辚马萧萧、百万雄师过大江的船工号子。

闻弦歌而知雅意。修竹万竿，传承千年文化；纤竹一枝，书尽百代兴亡。华夏五千年，那些竹简史书的鸿篇巨著之所以流传下来，竹之功不可磨灭。

源远流长的竹文化，是中华民族文化的流派之一。竹诗词、竹书画、竹工艺品不胜枚举。古往今来，以"竹林七贤"和"竹溪六逸"为代表的文人墨客莫不为自己的诗文书画注入竹的灵动雅逸之气，他们通过观竹赏竹品竹，在感悟中写意，于顿悟中求真，在渐悟中生变，独有己抒，超以象外，留下了流传千古的佳句：

咏春："竹外桃花三两枝，春江水暖鸭先知。""白云抱幽石，绿筱媚清涟。"

写夏："松竹挺岩崖，幽涧激清流。""竹密山斋冷，荷开水殿香。"

唱秋："秋风昨夜渡潇湘，触石穿林惯作狂，唯有竹枝浑不怕，挺然相斗一千场。"

吟冬："凌霜尽节无人见，终日虚心待风来。""隔牖风惊竹，开门雪满山"。

有人将它与松、梅一起誉为"岁寒三友"，有人将它与梅、兰、菊一起赞为"四君子"。

难怪历代各类字典收录的竹部汉字多达960个，而诸如"竹报平安""衰丝豪竹""青梅竹马""日上三竿"一类的成语也都包含着有趣的文化典故。

历史文献和考古资料证实，自周朝以后，历代使用竹定音律，古代的先民奉竹图腾，把竹作为祭祀、婚丧、交际、节日、朝觐等社群文化的重要元素。

漫步山间竹径，面对修竹吐翠、泉水叮咚的极致美景，恍若置身于红尘俗世之外，偶尔传来几声鸟鸣蝉唱，愈觉林静山幽。凭栏默想时，心境平更平。

是啊！竹本无心，外生多节，虽玉立参天，却虚怀若谷。

"心虚根柢固，指日定干霄。""未出土时先有节，到凌云处亦虚心。"如此的借竹抒怀，不禁使人想起舜帝南巡驾崩苍梧后，两个爱妃娥皇和女英悲伤万分，终日啼哭不止，挥泪于竹上，竟再也无法褪去，"斑竹一枝千滴泪"从此广为传诵；古代有一爱竹的老妪死后，子女们将她安葬在竹林中。百年后，子女们也先后亡故，孙辈们又将他们安葬在老妪的墓旁。之后，人们在墓旁发现了一片奇怪的竹林，夏天出笋总在浓荫如盖处，冬季出笋却总在阳光充裕处。于是便有了"孝顺竹"的美名；陶令清晨推开竹门到东篱下采菊，那修磨心性凝思禅理的情景更让人慨叹不已。

古人能以竹的虚心谦逊、竹的虚怀若谷为人生追求之大境界，去为其大写的精神世界开拓一个广阔的空间，从而精彩了整个人生；当年革命先辈们也以翠竹为楷模，在凄风苦雨里生生不息，在万劫不灭中顽强地挺起身躯，为人类的大同与自由而奋争，这些优秀品德，不能说不是给了后人以很好的借鉴与参照的样板。

徜徉茫茫竹海中，我忽然想起白居易在《养竹记》中的一段绝妙答曰："竹似贤，何哉？竹本固，固以树德。君子见其本则思善建不拔者。竹性直，直以立身。君子见其性则思中立不倚者。竹节贞，贞以立志。君子见其节则思砥砺名行，夷险一致者。夫如是，故君子人多树之为庭实焉。"

竹之神韵在于一个"翠"字，炎夏之季不畏酷暑，坚韧挺拔，清翠欲滴展娇艳；隆冬时节不屈寒霜，坚贞疏节，傲雪凌霜斗严寒。竹不开花，虽无牡丹之富丽，无松柏之伟岸，无桃李之灼华，却以不炫耀，不卖弄，宁愿保持本色，也不钻营取宠的气节为人们所称颂；竹子挺拔，直插云霄，立根山岩湖畔，常伴青山绿水，伐而后生，执著如一，虽然环境恶劣，却不甘心低下，而是奋发向上，节节攀高，正如郑板桥在《竹石》一诗中写道："咬定青山不放松，立根原在破岩中，千磨万击还坚劲，任尔东西南北风。"这不正是我们做人需要发扬的坚韧精神吗？竹不仅如此，它每成长一步，都留下一节印记。在生命的旅程中，一步一个脚印地前进，面对困难不低头，受到挫折不畏缩，这一节复一节的斑斑竹节，难道不能给人一些启发吗？

竹，以其顽强的生命力和独有的谦谦君子之风赢得了多少仁人志士的赏识与喜爱。晋代大书法家王徽之"暂寄人空宅住，使令种竹。或问暂住何烦尔？啸咏良久，直指竹曰：何可一日无此君！"宋代大诗人苏东坡为竹的仙姿所痴迷，为了竹竟然可以"食无肉"也不能"居无竹"；革命烈士方志敏自撰对联挂于卧室以自勉："心有三爱奇书骏马佳山水，园栽四物青松翠竹白梅兰"，还将自己的儿女以松、竹、梅、兰命名，足见竹子在他心中的地位。在革命的危难关头，他握管挥毫，写下了气贯长虹的史诗："雪压竹头低，低下欲沾泥。一轮红日起，依旧与天齐。"

壮哉！

清清泾水河

　　家乡门前有条清清泾水河，那是我梦中永远不竭的心灵故渊。

　　在儿时的记忆中，她总是唱着歌儿，踩着九鬃山弯弯曲曲的山道翩翩走来，如带如练，清澈见底，亦龙亦蛇，霏霏而下，潺潺绕过村口的老槐树，缓缓流向远方。

　　多少次旭日东升，多少次夕阳西下，我望着她身披万道霞光的身影，恍如置身仙境，心中浮想联翩：这清澈如镜的河水，无污无秽，无滓无渣，淋漓酣畅，灵韵鲜活。曾经以为人的生命也如这一泓清水，曾经以为世界也像泾水一样的清净，久而久之，却发现并非如此，生活中既有清流，也有浊流，我们常常不由自主地被夹带着向前流动，或平缓、或湍急。流向什么地方，连我们自己也无法预料。

　　人的思维定式，与自然界的演变何其相似！

　　这条发源于宁夏泾源县，流经宁、甘、陕三省，全长约541公里的渭水支流，从古以来，与渭河演绎了无数次清浊更变。

　　泾河流域多黄土，故浊。渭水流域多山石，故清。

　　历史轮回变迁，时而泾浊渭清，时而泾清渭浊。

　　两千多年前，先贤在《诗经·邶风·谷风》中吟诵："泾以渭浊，湜湜是沚。"这首诗本来是描述一个被遗弃的妻子，面对爱人新婚燕尔时的幽怨心绪和对旧情故人爱恨交织的情怀——原本是用泾渭比对来映照他们之间的人格差异，但却在不经意间，为我们记录下了描述泾渭分明的最早文字。

清乾隆年间，胡纪谟先生奉旨到泾河源头视察水利，在《泾水真源记》中也写下了泾清渭浊——

"泾水本清，诗泣误也。"

在西周鼎盛时代，人类已经有足够的能力整治或改造大自然，不断改善生存环境，同时也在不经意间破坏了大自然的合谐。当超越了其承受能力的极限后，人类便遭到大自然的无情报复——渭河流域出现了严重的水土流失，从而下泄流入渭河，使得渭水变得浑浊起来，于是，就形成了人类首次用文字记载的"泾渭分明"。

一千多年前，人类在泾河流域上游大肆砍伐，严重破坏了生态，从而又一次遭到大自然的报复，泾清渭浊变成了泾浊渭清。诗人杜甫在《秋雨叹》中无奈叹息：

"浊泾清渭何当分"，

"旅泊穷清渭，长吟望浊泾"。

近百年来，"浊泾清渭"再次轮回至"清泾浊渭"。

泾渭由清变浊和由浊变清，无不打上了人类活动的烙印，无不反映了人类对大自然的破坏所带来的对自身的伤害和难堪。

如今，泾渭分明的自然景观虽已消逝不再，但留给后人的精神财富却永远也不会消弭，更为我们提供了诸多的启迪和警示。

清者自清，浊者自浊。自古泾渭皆分明，岂见两河同流浑？

在人们的心目中，"泾河渭河"一如既往的"分明"着，它是我们做人处世、明辨是非的"源头活水"。

禅语讲，清澈之水映万物，宁静之心息烦恼。

然而，愈想入静，愈难入静——滚滚红尘，杂念纷纭：有的人面对痛苦、迷茫和诱惑，我自岿然不动，始终保持一泓清水情怀；有的人却失去清明、清澈、清白本色，变得昏昏噩噩，有时甚至与污同流，完全迷失方向；还有的人在遭受挫折和打击之后，便丢失了梦想和勇气，放弃了热情和追求，屈服于命运，不敢接受挑战，不再探索求真，变得与世无争，慢慢地，生命之水便停滞了流动，身躯虽存，灵魂已亡。

望着眼前这条日夜奔流不息的泾水，我想起《吕氏春秋》中"流水不腐，户枢不蠹"这句成语，再清澈的水如若停滞不前，就会生出绿锈，浑浊腐臭。

让我们疏通心灵的堤坝，像清清的泾水，奔流不息，汇入渭河，融入黄河。也许我们在汇入渭河时会变得浑浊，也许我们融入黄河时会被暗礁撞得遍体鳞伤，但我们的生命从此将变成大河大江不可分割的一部分，在浩荡之中击浊扬清，再次变得清澈，变得博大，变得宽广。

"人生在世，泾渭分明。"在阳光和月辉的交替映耀下，人生的价值才能不断升华，我们可以升腾为天上的云彩，在广袤的碧空自由翱翔；也可以化作甜美的甘霖雨露，给干涸的土地以绿色的希望；我们还可以渗透在有限生命的无限追求中，坚韧不拔，志达沧海，只要心中怀抱着神圣的梦想，脚踏实地，矢志前行，不断超越，如此周而复始，那么，我们的生命必将与日星河岳一道，秉正气而不朽，藉大爱而永生。

"羁鸟恋旧林，池鱼思故渊。"清清泾水河哟，我梦中永远不竭的心灵故渊，无论千里万里，我都要追寻你奔流到海不复回的踪迹；无论走向何方，我都要秉承你击浊扬清明是非的品质！

春

婉约春天

当冬天的最后一丝冷意化作黄昏的柳烟，春天的妩媚窈窕也随之渐入人眼。春来无消息，不经意间，一池春水吹皱，草色遥看近却无；又不经意间，长亭外，古道边，芳草碧连天。

春天就像一个活泼可爱的小姑娘，在她身上永远洋溢着生命的繁华气息和生活的勃勃生机，她总是把自己卓然的活力传染给世间万物。你看，只一个矜持的笑靥便点亮了整个世界，百卉含英，万紫千红，草长莺飞，水涨鱼肥。她广袖一舒，草木便破了冻土，裙裾一转，大地就起了生气，初来燕子斜，次来春衫薄，再三杏花雨。

风是春天的美容师，惠风一过，杨柳依依，芳草萋萋，理了云鬟又换了绿衣，人世间谁能有如此魅力？

春天像一幅氤氲的写意画，一分流水二分尘土是底色，三点桃红四点杨花是正笔，人乃万景之魂，置身其中，赏春的人自然就成为了春天的主题。

春天总是温柔缱绻的，她的一切性格都带有一种婉约的风尚，像一个古典的女子，或缟衣茜裳，在水一方；或夹衫乍着，出东门行；或凭小阑干，独怜花瘦。她花容月貌又内蕴涵养，妩媚又不失优雅。风，温柔地抚摸着江南岸，雨，缠绵地轻吻着锦官城，即使是春雷，也不像夏天那样厉声咆哮，只小声地惊醒蛰伏的虫子。在春看来，草木皆有本心，万物贵能通感，所以她从不虚骄暴烈，只温柔地与它们共处。

在我眼中，春天又真真是个美人儿，携着一身莺莺燕燕的气质，以花为容，以月为貌，以柳为姿，以水为态，而且千古繁华看尽，她以诗词为心。洵美洵慧，且善且贞，言辞怡人，笑靥可掬。而这美人又正值曼妙芳龄，风一呼唤，雨一敲门，阳光一挥洒，便开了芳心，红了俏脸，看似轻浮，却又别有痴情。

春天也是一个惯看花开花落的老者，她对万物皆能沉机静观，女子如花，但她好像总是在告诫美姐靓妹：女人花不能效尤迎春开得太轻浮，要懂得持重与内敛，也不能学玉兰谢得太仓皇，要懂得持久与内美，女人要习之如桃，不仅"灼灼其华"，而且"宜其室家"。

春天终究是个情种，为爱着这多情的土地，她虔诚地接受万物的邀请降临人间，赐大地以生命，然后用三月的甘霖布泽对万物的恩德，待三春逝去她又委婉地拒绝了百花的挽留，终于将所有的一切都交给热情奔放的夏天——她心中的勇士，让伟大的生命继续延伸。

夏

洒脱夏令

告别了温婉和煦妩媚动人的春天，太阳一转眼就换了角色，用炙热的声音庄严地宣布着夏天的来临。起初是小荷在水面上探头探脑，然后是可爱的小女孩拽着妈妈的衣襟说"我要穿花裙子了"，而夏天就是这样的干脆，不仅看透了小荷的心思，而且爽快地答应了小女孩的请求，哗啦一下，天就拉开了帷幕，夏天在生命的呼唤中真的来了。

夏天是个真正的勇士，他热烈、奔放、倔强，赤裸地呈现着自己棱角分明的性格，一切都是那么的洒脱与痛快，好像只是随着自己的脾性而我行我素。只是哈口气，世界就瘫软在他炙热的氛围中，丧失生命的活力；眨一眨眼睛，草木就会曝露在他灼热的目光浴中，失去炫亮的色彩。但夏天又不是那种骄横跋扈之人，他只是无所遮掩地表达着对生活的热爱与向往，他只是豪放地呈现着他无拘无束的自由，他只是率直地展示着他与众不同的倔强个性。

夏天不仅性情豪放，他也是魄力十足的，暴风骤雨、霹雳雷霆只是他随时听候的麾下，你看他手头一指，刚才还是烈日当空，骄阳灼地，霎时，黑云如鸦，蝉噪暂歇，周围死一般的寂静，空气沉闷得令人难以呼吸，忽然间，一道刺眼的光芒，亮黄的天空就被他扯开一个口子，雷霆万钧，骤雨滂沱，雨点把热浪击打得支离破碎。一会儿，他又派遣狂暴的风从四面八方飞来，飞进丛林，飞进田野，把些许暑气扫得荡然无存。他总是给人以觉醒，让人感受到一种淋漓尽致的痛快，一场暴雨过后，闷热、烦躁总能被赶到九霄云外，留下的只是凉爽的心情、清新的空气、灿烂而不躁热的阳光。

晚霞是夏天的霓裳仙子，每到傍晚就闪亮登场了，先把白云染作火红的舞裙，再把蓝天当作宽宽的舞台，或是为了给勇士助兴，或是为了给勇士慰藉，她把自己幻作他可爱的舞娘，只想让他的生活多点色彩，不仅有阳刚似火还要有柔情似水。

4000多年前的《鹖冠子》说："斗柄南指，天下皆夏。"夏天的夜是幻美的，白天的那个热烈勇士已被司夜之神给蒙蔽了，但激动了一天的世界依旧无法平静，夏虫们都跑出来开"卡拉OK"欢乐会，一个个争先恐后引吭高歌，谁也不愿辜负这曼妙的夜晚。星星也不甘寂寞，都跑出来凑热闹，但他们有自己的心思，不停地眨着眼睛，好像在期待着什么似的，是银河上牛郎和织女的鹊桥会，还是蟾宫里嫦娥的舞蹈？不得而知，这是星星们心中的秘密。它们在享受着自己的天地，簇拥着、嬉戏着，看起来让人好生羡慕。但夏天一过，热闹的天空就又回到了神秘的平静。

可夏天到底是要走的，他只是四季派来的一个勇武的猛士，带着那繁华的生命向成熟迈进，迎接他的是朴实无华的大地与被果实压弯的枝丫，当然还有一种不可抗拒的成熟韵味。

秋

成熟秋时

秋水伊人，掩映在橙红橘绿的旻序时节，桂子飘香，几阵秋风横渡就把收获带到了人间。秋天是四季中最朴实的季节，她不繁华也不热烈，更不像冬天那样沉寂，只在平凡中体觉着世间万物的生命脉络，这是秋天所特有的成熟气质。

秋天有种天然的母性光辉，披着一身雁天的芬芳，带着金黄的色彩，成熟、稳重、豁达与超然，同大地一样厚德载物，永远散发着一种天然去雕饰的纯美，有一种蕴含着内在魅力的深沉。她孕育成熟了每一粒种子并赋予他们收获的累累果实，抚养长大了每一片叶子并告知他们生命的泰然自若，她把成长的欣喜、焦虑、兴奋、紧张都一一包容。母性的秋天因为知道生命的经历而满足，春天撒下的种子、夏天流出的汗水，在秋天得到了回报，这是生命的圆满，她感受着生命收获的繁盛同时也体味着生命凋零的无奈，这是秋天的厚重与成熟的韵味。

菊是秋天高洁的雅士，他独以西风为伴，唯秋霜是其知心，在"是处红衰翠减，苒苒物华休"的肃杀季节，菊仍然骨骼清奇，香蕊盈枝，渲染着生命的侠气与雅量。无怪乎自古文人对其偏爱有加，若说"东篱把酒黄昏后，有暗香盈袖"、"采菊东篱下，悠然见南山"只是一种兴致，那么"朝饮木兰之坠露兮，夕餐秋菊之落英"就是一种境界。

秋天是温柔的，太阳，在这个季节呈现出母亲一样的安详，慈爱地洒在每一个生命的身上、心上；天空，高远而清澈，母爱一样的纯净与透明；秋水就是母亲的眼睛，每日每夜地看护着那些行将成熟的孩子。

秋天是多情的，阊阖风吹，谷粒含笑，无数的目光守望着田野，大地向辛勤的农人呈上积蓄了一年的希望，落叶向殷盛的土地感恩一年的给养。但自古用情深者伤最多，你看，果实成熟，摘下，秋天就显得异常孤单，就像孩子成人，远游，母亲就显得异常清瘦一样。但对秋来说，却有一种更宽阔的胸怀去对待这生命的轮回。

秋天总是带着非常强烈的生命气息，春女善怀，秋士易感，自古墨客多悲秋，从宋玉开始，比比皆是，他们只看到秋天的凄凉与凋零，却没有看到秋天繁盛绝美的一面，且不说霜叶红于二月花，就是那一袭深红的爬山虎也足以让人感到秋的繁华，还有漫山遍野的鸢尾花、黄澄澄的玉米、白花花的花生、红彤彤的高粱、胀鼓鼓的大豆，都为秋天凭添了无与伦比的魅力，看到这些哪还能联想到秋的肃杀与冷清？刘禹锡有诗赞叹："自古逢秋悲寂寥，我言秋日胜春朝。晴空一鹤排云上，便引诗情到碧霄。"青年毛泽东更为秋季赋予了"鹰击长空，鱼翔浅底，万类霜天竞自由"的宏大气魄。

其实，不管落叶也好，收获果实也好，都让人感觉到秋天蕴藏着生命的哲理。我们每个人所需要的，不是古人的悲戚，而是那种超然物外的旷达，多去体会"秋风之性劲且刚"的豪迈，少去喟叹"秋风秋雨愁煞人"的无奈吧。

随着时光的移步，秋天终究会老去，花损了，果落了，叶败了，最后的最后，是尘土与西风共舞，青山与寒烟同瘦，只一场小雪便掩盖了秋的清骨。但秋天没有慨叹，金黄变成枯黄亦是新生，秋天是季节的升华，秋天是新的开始，经过一些时日的休整，生命又将坦然进入下一次轮回。

冬

性情冬日

　　每个季节都有它独特的标签，就像我们来到化学实验室，每一个精致的玻璃瓶上都贴上了醒目的标签，哦！这是酸、那是碱、还有盐……四季，也贴上了个性化标签——比如，春的妩媚、夏的热烈、秋的成熟，那么，冬呢？

　　梅是冬的黑色礼服上一剪最靓丽的点缀，之所以说她最靓丽，无他，仅一个凌冰傲雪即可。姹紫嫣红的百花别不服气，有本事，你们也在滴水成冰的冬日一展娇容啊。

　　至于冬，他像一首绝句，言简意赅，清冽、诚恳。没有枝枝蔓蔓的铺陈，没有绕山绕水的打探，更没有花枝招展的包装，凝固的冰凌就是他简洁有力的语言，尖锐而清明。

　　冬是内敛隐忍警醒的哲人，懂得养精蓄锐，一张一弛。他以沉穆的面颊面对世人，不动声色，不事张扬，也不花枝招展，而是沉稳的灰色冷调。他让花草树木脱去繁芜的外衣，褪去晕眩的光环；迎春谦逊地垂下头，如低眉顺眼、陪着小心的新妇；桀骜的杉树根根霜枝直指苍天，如指点江山的热血青年；洗去铅华的树木无牵无挂，索性用赤裸清瘦的身躯抵挡着朔风的拷问。只有根，只有那盘根错节的根一直在黑沉沉的地下反省着、修正着、积蓄着，为了来年更好地保持持续的发展，而希望，在身体内上上下下生生不息地奔流。

　　冬到底是个男子汉，他偶然发起脾气来，也是疾烈的。北风在冷阔浑黄的原野上奔突，如被激怒了的血脉贲张的男儿，他怒吼着、嘶叫着、摇撼着，挥一挥衣袖，横扫一切枯枝败叶。别以为冬是个不解风情的男人，怒气消解了，他也懂得温存，可不是吗？不善言辞的他，会用冬日的暖阳轻柔地抚慰着受伤的大地，含蓄地表白着内心的柔情蜜意。

在我看来，冬就是电影大片中的硬派演员，酷、冷、峻、傲，不怒自威。当断魂、憔悴、肃杀、萧索等词汇被套在冬的头上，冬仍然我行我素，他才不在乎呢，难道，他的存在要看别人的眼色？他不过是在四季中恪尽职守地演绎着自己的角色——爱，爱得深沉；恨，恨得痛彻。

哪个酷角儿没有他的红粉佳人呢？所以，冬不寂寞。你看，轻舞飞扬的雪花，曼妙地舞动，在天空中恣肆地打着旋儿，像不像得宠的女子在心爱的恋人面前放肆地撒娇？雪花舞够了、闹足了，还是心甘情愿地扑向厚实沉默的大地，回归土地，回归安宁，是雪花的凤愿。冬日的大地结实而冰冷，在雪花的拥吻下，安然地入睡。

冬这个韬光养晦的大智之人，在凛冽中坚强地忍耐着，积蓄着力量，在他的心中，有个撩人的秘密，就像马丁·路德·金的精神理念："我有一个梦想。"是的，总有那么一天，他将张开有力的双臂，迸尽力气，"哗"地一下拉开千万朵嫩叶繁花点缀的复苏的帷幕，侵晓无言，在颤抖的流苏中，迎接他的女儿——一个活泼泼的娇俏春天的盛装登场。

我爱冬天！

最后一道风景

　　一个人在自己的啼声中坠落红尘，又在别人的哭泣中步入冥界，遗留在大地上的有无字书墓志铭，无论真假虚实，还是繁简诔贬，都是自己生前用一言一行"雕刻"出来的。

　　政治家看重功德品行。美国第三任总统杰斐逊生前自题墓志铭："美国《独立宣言》起草人、弗吉尼亚宗教自由法令的作者、弗吉尼亚大学之父。"一个领导在其位即使政绩平平，只要不干一件坏事、蠢事和贪事也不算逊色，"杰斐逊"记录了三件引以为豪的事，应该说，"逊总统"的自我评价分寸得当，无愧于世。与杰斐逊大相径庭的是，英王查理二世死后，后人为其写的墓志铭，不无诙谐嘲讽："此地安息非凡王，无人把他来指望，金口不曾说蠢话，圣体何为社稷忙。"当下，不少"冒号"的悼词、墓铭极尽阿谀吹捧之能事，用尽完美无缺之言语，稍许有一顶点儿拔得不够高，家属闹，子女吵，亲友告，甚至以"不火化、不安葬、不开追悼会"胁迫组织，其肚量远不如封建帝王将相宽阔，假若一代则天女帝地下有知，岂不笑曰："如果可能，请把我叫醒，我去给他们上堂无字碑课……"

　　艺术家追慕浪漫情调。音乐天才、作曲家聂耳的墓志铭镌刻着一位法国诗人的佳句："我的耳朵宛如贝壳，思念着大海的涛声。"巧喻精当，妙趣横生；世界文坛巨匠莎士比亚面对死神，心境清明，自撰了一则幽默铭："看在耶稣的份上，好朋友，切莫挖掘这黄土下的灵柩；让我安息者将得到上帝祝福，迁我尸骨者将受亡灵诅咒。" 法国诗人缪塞生前自题的诗铭，让人读来如坐春风："等我死去，亲爱的朋友，请在我的墓前栽一株杨柳。我爱它那一簇簇涕泣的绿叶，它那淡淡的颜色使我感到温暖亲切。在我将要永眠的土地上，杨柳的绿阴啊，将显得那样轻盈、凉爽。"爱尔兰诗人叶慈去世前夕，洒脱写道："对人生，对死亡，给予冷然之一瞥，骑士驰过。"英国作家狄更斯临终前，朋友要求把他一生的功绩刻在墓碑上，不料，却遭到断然拒绝："我要求我的墓碑上只写查尔斯·狄更斯，除此之外，不要再写什么。"德国剧作家费希特的墓志铭只有两个字："剧终"。堪称经典！有趣的是，一代性感女神玛丽莲·梦露的墓碑上刻记着一组冷冰冰的数字："37，22，35，R.I.P"，原来，英寸数分别代表她的胸围、腰围和臀围，缩写英文的意思是在此长眠。后人用数字将一个自杀身亡者的美丽精灵永久地留给了世界，从而引发世人深沉思考：漂亮的脸蛋、性感的身材并不是引以为傲的资本，唯有才貌双全、德才兼备才是美丽的全部内容。时下，在演艺圈这个热闹非凡的大舞台上，不知还有多少"玛丽莲"式的这星那星，正甜蜜蜜地做着"显山露水"之美梦？但愿梦醒时分能以大师为楷模，且莫跟着"美丽无脑"者的感觉走。

科学家崇尚福泽人类。16世纪德国数学家鲁道夫的墓志铭刻着这样一组数字"$\pi = 3.14159265358979323843383827950288$"生前，他殚精竭虑，把圆周率算到小数点后35位，创造出当时世界上最精确的圆周率数值。死后，敬仰者把他一生最得意的成就写在墓碑上，这组看似枯燥无味的阿拉伯数字，却给予人类一个鲜活坚强的希望，科学家的生命也因此而光焰全球。牛顿辞世前自谦地说："没什么，我只不过是在大海边捡到贝壳的小孩。"然而，正是这个与众不同的"小孩"，却获得了无数成年人的褒奖："死去的人们应该庆贺自己，因为人类产生了这样伟大的装饰品。"为了纪念物理学家玻尔兹曼发现热力学第二定律的统计解释，崇拜者特意在他的墓碑上刻写下这道公式"$S = K\ln\Omega$"。"从苍天处取得闪电，从暴君处取得民权"的大科学家富兰克林，生前不为"雷电之父"美誉所动，却以年轻时的印刷工经历引以为豪，挥手告别时再三叮嘱后人在他的墓碑写上"印刷工富兰克林"。为了纪念科学大师福泽人类，世人还别出心裁地创造出形形色色的图式铭：如在苏联昆虫迷彩学家鲍·尼·施可维奇的墓碑上刻着一只可爱的蝴蝶翅膀，在古希腊数学家阿基米德的墓碑上刻画了一幅球内切于圆柱的图形，在德国数学家高斯的墓碑上刻上了一个正十七边形，在法国生物学家巴斯德的墓碑上刻了多个生动活泼的小鸡、小羊和小狗。对任何一位科学家的赞美，又有什么样的语言能胜抵过这些活灵活现的图形呢！

老百姓喜好乐天知命。各式各样的墓志铭展示出不同行业者的多彩人生：当年，刘胡兰英勇就义后，伟大领袖毛主席亲笔题铭："生的伟大，死的光荣。"15岁的花样年华，因为八字定评成为永恒；五年前，中国化学武器专家郁建兴在执行联合国对伊拉克武器核查中不幸殉职，联合国秘书长安南给这位中国军人同样题写了八字盖棺定论讣铭："忠于职守，深受赞誉。"一位美国黑人母亲为外出打工不幸遇难的儿子写下饱蘸血和泪的墓志铭："收工。"书法大师启功先生66岁时自撰一篇《墓志铭》："中学生，副教授。博不精，专不透。名虽扬，实不够。高不成，低不就。瘫趋左，派曾右。面微圆，皮欠厚。妻已亡，并无后。丧犹新，病照旧。六十六，非不寿。八宝山，渐相凑。计平生，谥曰陋。身与名，一齐臭。"捧腹之余，心生敬佩。一位牙科医生的墓志铭读来颇为幽默："我一辈子都在为他人填补蛀牙，这回却把自个儿填进去啦！"在英国一座不起眼的墓碑上，有这样一篇不同凡响的铭文："这儿躺着钟表匠汤姆斯，他将回到造物者手中，彻底清洗修复后，上好发条，行走在另一个世界。"在一次世界杯足球比赛中，国外一位足球明星不慎"自摆乌龙"，将球射入自家大门，回国后被恼羞成怒的球迷枪杀，身中12枪。有人为他撰写了一则趣铭："当对方传来一记猝不及防的横传球，安德雷斯．埃斯科巴不假思索地一记大脚劲射，不料由于发力过猛，最后连人带球一起永远射了进去，一代足坛明星就这样带着一只煮熟的鸭子飞了。"在江南某处公墓，一凡夫为自己刻写了这样的铭文："明天，我的闹钟终于吵不醒我了。"有位不学无术又好附庸风雅的庸才，想死后出名，托人请画家黄永玉为其写则墓志铭，大师推辞不过，拿起笔戏谑道："这个人的一生，正确的加错误的等于零。" 一些生前喜欢侃大山的长者，自题的墓志铭别具一格，风趣幽默。如："感谢领导为我解决了住房问题！""我来了，李时珍先生，你别偷着乐了，上面发生了信任危机，有帮家伙要废中医呢！""有事请敲碑，听到'嘀'的一声后请留言"……前几日，从网上读到一位调侃大王为麻友写的悼文，禁不住乐得前仰后翻："昨天你两眼瞪得像'二饼'似的，双手在桌上拨拉得哗啦啦响，嘴里哼哼叽叽地嚷着'条儿'、'自摸'，今天却不知中了什么'东南西北'歪风，两只眼紧紧地闭成了'二条'……先生一生时时刻刻都想'发'，但家中还是像'白板'一样。你去了，我们'四条'梁山好汉浓缩成了'三饼'，还怎么玩？现在，你已经过了火化炉，可算真正盼到了梦寐以求的时刻——'糊'了！"我想，放眼全球，唯有中国象形文字能将人们的感情表达得如此惟妙惟肖！

当一个人的生命行将结束，日月星辰还将继续运转。所以，被世界记住并不重要，同样，被人们遗忘也不遗憾。其实，人的生命本身都是短暂的，唯有精神才能永世长存、万古不朽。只有用闪光的思想去映照、哺育、感动新的生命，自己的灵魂才能以新的形式在历史长河中不断延续，也只有这样，一个人的墓志铭，才会成为他留给尘世并逐步升华为自我更生、砥砺后辈的最后一道风景。

干戈屏翰春秋史　玉帛山河风雅魂

图书在版编目（CIP）数据

猛士执戈奉玉帛 / 马文科著. —北京：中国广播电视出版社，2008.5

ISBN 978-7-5043-5607-9

Ⅰ. 猛… Ⅱ. 马… Ⅲ. 诗歌—作品集—中国—当代 Ⅳ. 1227

中国版本图书馆CIP数据核字 (2008) 第053763号

猛士执戈奉玉帛

马文科　著

责任编辑　余潜飞
装帧设计　贺勇工作室

出版发行　中国广播电视出版社
电　　话　010－86093580　010－86093583
社　　址　北京市西城区真武庙二条9号
邮　　编　100045
网　　址　www.crtp.com.cn
电子信箱　crtp8@sina.com

经　　销　全国各地新华书店
印　　刷　精美彩色印刷有限公司
开　　本　787毫米×1092毫米　1/16
字　　数　240(千)字
印　　张　17.5
版　　次　2008年5月第1版　2008年5月第1次印刷
印　　数　10000册

书　　号　ISBN 978-7-5043-5607-9
定　　价　36.00元